「何だかもう、どうでもいいや。……うん、今夜は全部、どうでもいい」
たとえ使役でも、こうして傍らに命を感じていられる。アレッサンドロが死んでから、ずっとカレルを苛んできた孤独が、今はない。それだけで、カレルには十分だった。
Illustration／UNOHANA

プラチナ文庫

Platinum Label

されどご主人様《マスター》

椹野道流

"Saredo Master"

presented by Michiru Fushino

プランタン出版

イラスト／ウノハナ

目次

※本作品の内容はすべてフィクションです。

一章　世界のほころび

「ふー……。やってもやっても終わんねえ」

　作業台の上に積み上げられた薬草の山を恨めしげに睨《にら》み、カレルは思わず愚痴をこぼした。

　磨《す》り潰《つぶ》す、刻む、干す、汁を搾る、煎《せん》じる……薬草は色々な方法で処理される。薬草の種類や採取時期だけでなく、それらの取り扱いも覚えなくてはならない。

　今日は、干して乾かしたローズマリーから葉だけを扱《しご》き取るという辛気くさい作業を、かれこれ半日以上続けている。朝には山盛りあったローズマリーの束も、ようやく三分の一ほどに減った。

　指だけでなく、ツヤのない短めの黒髪にも、粗末な木綿のローブにも、ローズマリーの匂いが染みついてしまった。仄《ほの》かになら心地よい芳香も、過ぎれば毒だ。強すぎる刺激に、頭が鈍く痛んだ。

「あーもう限界。ちょっとだけ休憩させてくれよ」

狭い作業部屋には他に誰もいないのだが、何となく弁解めいた口調でそう言い、カレルは外に出た。

彼が住む小ぢんまりした石造りの家は、町外れの小高い丘の上にある。周囲は鬱蒼《うっそう》とした木立に囲まれ、すぐ前には小さな池がある。

「春だなあ……」

古びたかやぶき屋根の上では、丈の低い野の花が揺れていた。飛んで来た種が、そこで芽吹いてしまったのだ。黄色い花の可愛《かわい》らしさと、夕刻になってもまだ暖かい風に春の訪れを感じながら、カレルは池に歩み寄った。

たちまち、水面にたくさんの「口」が現れる。池に住む魚たちが、たまにエサをくれるカレルのことを覚えていて、集まってきたらしい。

「はいはい。ちゃんとやるよ。そんながっつくなって」

ローブのポケットを探ると、昼食の残りのパンが一かけ出て来た。あまりにも固くて、腹を満たすより先に顎《あご》が疲れてしまい、食べきれなかったものだ。カレルは乾いたパンを手で崩し、水面に撒《ま》いてやった。魚たちがバチャバチャと派手な水音を立ててパンを吸い込むのを見ながら、つい、小さな溜《た》め息が愚痴と一緒に零《こぼ》れる。

「今日、初めて話しかけた相手が魚とか、俺、何やってんだろうな」

パンをすべて撒いてしまうと、カレルはズボンで軽く手を払った。池のぐるりを回って、大きなクヌギの木の横に立つ。

そこからは、眼下にセトの村の景色が一望できる。木立の間を吹き抜ける風に、短いローブの裾《すそ》がバサバサとはためいた。

小さな村だが、周囲には石を積んでささやかな防壁を築き、その内側に家がぎっしりと並んでいる。村の真ん中はお祭りや市が開かれる広場になっていて、そこに面したひときわ大きな家が、代々の村長が住む公邸だ。

そろそろ夕餉《ゆうげ》の支度が始まっているのか、家々の煙突からは、白い煙がたなびいていた。遠くの農地から、作業を終えて戻ってくる荷馬車の姿もちらほら見える。

いつもの平和な夕暮れ。自分以外、すべての人と物が安らぎの中に心地よく落ち着いているように、カレルには感じられた。

普通に暮らしていたなら、自分も今頃ああした家々のどこかで、家族と楽しく食卓を囲んでいられたのだろうか。

そんな光景を想像しようとしてかなわず、カレルは力なく首を振った。

カレルは、この家に養父アレッサンドロと住んでいる。

養父といっても、親子らしい情愛など、アレッサンドロとカレルの間には存在しない。アレッサンドロは独り者の年老いた魔法使いで、これまで一度も家庭を持ったことがない。養子を迎えるのは、合法的に、無給の労働力を獲得するためだ。

カレルは三人目の養子で、実の両親は、カレルを銀貨五枚でアレッサンドロに売った。最初の養子は、深夜に逃げだそうとして小屋の前の池に落ち、幼くして亡くなったそうだ。

カレルがアレッサンドロの養子になったとき、ここには既に二人目の養子がいた。

当時もう二十歳を過ぎていたその「義兄」は、ロテールという名の寡黙かつ無表情な男で、カレルをまるで新しい家具のように平然と受け入れ、喜びも鬱陶しがりもしなかった。

アレッサンドロは気に入らないことがあるとすぐ怒鳴り散らす短気で偏屈な老人だが、偶然にも魔法使いの素質に恵まれたロテールには目を掛けており、近い将来に独り立ちさせると決めていた。カレルは、そのロテールの後釜《あとがま》として迎えられたのだ。

最初の一年間、ロテールはカレルに「魔法使いの弟子」としての仕事や家事のやり方を徹底的に教え込んだ。そして師匠から杖《つえ》を与えられて独立を果たすと、山を三つ越えた遠くの街へと去ってしまった。

カレルがここに来たのは十歳のとき、ロテールが去ったのはその一年後、そして今は十七歳なので、もうまる六年、彼はアレッサンドロと二人きりで暮らしてきたことになる。

とはいえ、アレッサンドロがカレルに話しかけるのは、用事を言いつけるときと叱《しか》るときだけで、カレルからアレッサンドロに話しかけるのも、仕事の予定を訊《たず》ねるときだけだ。

今日も、生まれた子供に魔除《よ》けのまじないを施す儀式の依頼を受けたアレッサンドロは、カレルに仕事を言いつけ、早朝から隣村まで出かけて行った。

力仕事があるときにはカレルも同行するよう命じられるのだが、今日の用事はさほどでもなかったらしい。客先で出されるご馳走《ちそう》を密かに楽しみにしているカレルは、ガッカリしつつ留守番をしていたというわけだ。

「はー。お菓子が食べたいな。もう何ヶ月、食ってないだろ」

ハチミツの甘い味を思い出すと、みぞおちの辺りが切なく疼《うず》く。思わず溜め息が漏《も》れたそのとき、嗄《しわが》れた怒声がカレルの背中を打った。

「何をしておる。仕事は終わったのか！」

「うわッ」

反射的に首を縮こめ、カレルは慌てて身体ごと振り返る。そこに立っていたのは、瘦軀《そうく》の老人……カレルの師匠である魔法使いアレッサンドロだった。身長は小柄なカレルより少し高いくらいで、枯れ枝のようにやせ細り、背中の曲がった身体をブカブカの灰色のローブに包んでいる。右手には、曲がりくねった葡萄《ぶどう》の幹で作った長い杖を持っていた。

皺《しわ》深い顔に笑みが浮かんだことなど一度もないが、今日はさらに表情が険しく、顔色も悪いように思われた。あるいは、仕事の首尾があまりよくなかったのかもしれない。

「す、すいません。俺、ちょっと休憩してただけで……。ホントについさっき出て来たばっかで」

慌てて弁解するカレルの声を遮り、アレッサンドロはいっそう声を荒らげた。

「わしは、仕事は終わったのかと聞いておるのじゃ。答えぬか！」

半ば白く濁った目に睨まれ、鋭く詰問されて、カレルはモジモジと答えた。

「ええと……いえ、まだ」

「それなのに、こんな場所で油を売っておったのか！　わしがおらぬからと言うて、怠けよったな。とんだ不心得者じゃ」

憎々しげにそう言ったかと思うと、アレッサンドロは長い杖で、カレルの向こうずねをしたたかに打った。

「……っ！」

弁慶の泣き所を強打され、カレルは立っていることができず、その場にしゃがみ込んでしまう。出かかった悲鳴は、すんでのところでどうにか飲み込んだ。

もはや高齢のアレッサンドロの動きは緩慢で、若いカレルはよけようと思えば容易く攻撃を回避することができる。だがそんなことをすれば、激昂《げっこう》したアレッサンドロに魔術で全身の自由を奪われ、もっと酷《ひど》い折檻《せっかん》を受ける羽目になるのだ。

それを身をもって知っているカレルは、無抵抗で仕置きを受けるのがいちばんの自衛策と心得、多少の痛みは我慢することにしていた。

「この役立たずの穀潰《ごくつぶ》しめが！」

今度は少年の痩《や》せた背中に、幾度も杖が振り下ろされる。老人の腕力とはいえ、ゴツゴツした固い杖が当たれば、相当に痛い。衝撃で背骨が軋《きし》み、息が詰まった。

「うっ……く！」

歯を食いしばっていても、カレルの口からは痛みに耐えかねて悲鳴が漏れた。その苦悶《くもん》の声に、多少は溜飲《りゅういん》を下げたのだろう。老人は息を乱しつつ、長く白い顎鬚《あごひげ》を扱いた。

「ああ、今日は何やら気分がすぐれぬ。疲れたゆえ、わしは横になる。よいか、お前は朝までに仕事を終えておくのじゃぞ」

そう言い捨てると、痛みに呻《うめ》く「養子」のことなど気にも留めない様子で、アレッサンドロは長い杖に縋《すが》るようにして、ヨロヨロと小屋の中へ入っていった。

「………」

ごめんなさいもわかりましたも言わず、カレルはただうずくまったまま、打ち据えられた脚と背中の痛みが消え去るまでじっと我慢していた。この程度の暴力はここに来てから日常茶飯事だったし、迂闊《うかつ》にこれ以上の口答えをして、師匠の不機嫌を助長するような真似もしたくなかったからだ。

やがてゆっくりと立ち上がったカレルは、何ごともなかったかのように服の埃《ほこり》を払い、家に入った。家の中は、しんと静まり返っている。どうやらアレッサンドロは、早々に奥の自室へ引っ込んだらしい。

「仕事……いや、やっぱ先に飯だな」

再びローズマリーとの格闘を開始しようかと思ったが、朝から固いパンひとかけしか食べていない胃袋が、キュウッと切ない悲鳴を上げる。まずは腹ごしらえをすることにして、カレルは台所へ行った。

食堂の片隅に設《しつら》えられた台所には、大した食材はない。アレッサンドロは食にまったく興味がなく、朝夕に牛乳で煮たオートミールをほんの少し口にする程度だ。カレルは庭で野菜を育て、少ない食費をやりくりしてどうにか食いつないできた。

今日も、食料庫にあるのは、ジャガイモ、人参《にんじん》、エシャロット、それに僅《わず》かばかりの塩漬けの豚肉とオートミールだけだ。カレルは裏庭の畑から小さな蕪《かぶ》を引き抜いてきて、夕飯を作り始めた。

「芋だけは、しこたま採れたんだよな……。ありがたいけど」

調理ストーブの上に小鍋《こなべ》を置いて師匠のオートミールを煮ながら、その横にもう一つ鍋を置き、細かく切った塩漬けの豚肉を炒《いた》める。そこに野菜を適当に切って放り込み、水とちょっぴりの牛乳で煮込めば、数日分のシチューが出来上がった。

質素なシチューにパンの残りを浸して頬張《ほおば》り、十代の旺盛《おうせい》な食欲を満たす。自分の食事を終える頃には、とろ火にかけておいたアレッサンドロのオートミールが煮えたので、カレルはそれをぶ厚い陶器のボウルにほんの少量よそい、師匠の部屋へと運んだ。

アレッサンドロの居室は、彼が魔法使いとして様々なアイテムを創り出す「工房」を兼ねており、家の中でいちばん広い部屋である。カレルは、閉ざされた木の扉にそっと耳を押し当て、中の様子を窺《うかが》った。

（何の音もしないや。師匠、横になるって言ってたもんな。寝てるかも……）

そっとしておこうかとも思ったが、起きているのに粥《かゆ》を持っていかなければ叱られるだろうし、寝ているのを起こしてしまっても、やはり怒られるに違いない。どちらにしても叱責《しっせき》を受けるなら、せっかく煮たオートミールを熱いうちに食べてもらえるほうがいい。

そう考えたカレルは、「師匠？　入ります……よ？」と小さな声でことわり、ドアノブに手を掛けた。

キイッと小さく軋みながら重い扉が開く。そこから頭だけを出して室内の様子を窺ったカレルは、工房の片隅に置かれた寝台に横たわるアレッサンドロの姿に、失望の声を漏らした。

（やっぱ、寝ちゃってるか。……まあ、いいや。オートミールの粥は冷めて固まっちまっても、切り分けて、朝飯用に軽く焼けばいいし）

そんなことを考えながら、開けたときと同じように静かに扉を閉めようとしたカレルだが、ふと違和感を覚え、もう一度師匠の寝姿に視線を向けた。

よほど疲れていたのか、アレッサンドロはローブも脱がないまま、寝台に仰向《あおむ》けになっている。毛布も掛けていない。

ここ数年は、依頼で遠出をするとだいたいいつもこんな感じで寝入ってしまうアレッサンドロなのだが、そういうときは、扉の外にいても聞こえるような大きないびきをかいているのが常だ。だが、今はあまりにも静かだった。

「師匠？」

カレルは思わず、囁《ささや》き声でアレッサンドロに呼びかけてみた。だが、ベッドの縁からダラリと下がった手も、枕《まくら》の上にある顔も、ピクリとも動かない。

「…………？」

嫌な予感が、背筋を駆け上がってくる。カレルは、顔から血の気が引くのを感じつつ、床の上にオートミールを載せたトレイを置くと、足音を忍ばせて寝台へ歩み寄った。

「……師匠……？」

すぐ脇に立ってもう一度、今度はさっきより大きな声で呼びかけたが、やはり反応はない。

「師匠ってば！」

カレルは思いきって、アレッサンドロの肩を揺さぶってみた。がくりがくり……と、やけに無抵抗に、まるで操り人形のような具合で老人の頭が揺れる。

「……え……？」

まさか……という疑念に、心臓が跳ねた。カレルは震える指を、そっと老人の鼻の下にあてがってみる。呼吸している気配は感じられない。

「うそ……だろ」

まだ信じられなくて、今度は手首の親指の付け根あたりに指を当ててみる。だがそこでも、老人の命の証《あかし》……脈拍は、どれほど指先に神経を集中したところで、まったく感じ取ることができない。

身体にはまだ温もりが残っているものの、年老いた魔法使いは、まさに眠るように静かに死んでいた。おそらく、数十分前のことだろう。カレルが呑気《のんき》に食事を作ったり食べたりしている間に、アレッサンドロは何も言わずにこの世を去っていたのだ。

「そんな……。ど、どうしよう」

狼狽しきった言葉が、カレルの口からひとりでに零れ落ちる。生まれて初めて経験する「身内」の死に、少年はただ呆然《ぼうぜん》と、物言わぬ亡骸《なきがら》の傍らに立ち尽くすしかなかった。

ホウ……ホウ、というフクロウの鳴き声に混じり、前の池では冬眠から覚めたカエルたちが賑《にぎ》やかに鳴き交わしている。吹く風に、家の周りの木々も梢《こずえ》をざわめかせる。

そうした外の音に注意を傾けることなく、蠟燭《ろうそく》を点《とも》すことすら忘れ、カレルは暗闇の中、アレッサンドロの寝台の脇、冷たい木の床に座り込んでいた。

いつもなら、広い工房の中で、大鍋や不思議なガラス器具から怪しげな臭《にお》いのする湯気が上がっているのが常だが、今日は早くからアレッサンドロが外出していたので、すべてのものが沈黙している。室内をわずかに照らしているのは、居間のほうから漏れてくる光だけだ。

自分は、これからどうすればいいのだろう。

何度もそう考えては、答えを出せずに嘆息する。ずっとその繰り返しだ。

養父が死んだからには、もう自由の身だ……という思いは、頭を過ぎってすぐに消えた。

「自由の身が……今さら何だってんだよ」

カレルは膝《ひざ》を抱え、冷えた膝小僧に顎を載せて呟《つぶや》いた。

アレッサンドロに売り渡された朝のことを、カレルは今でもハッキリ覚えている。生まれ育った家の前で、アレッサンドロはカレルの父親の手のひらに銀貨を五枚、一枚ずつ数えながら載せた。

銀貨の重みに喜びを隠せない父親と、カレルの頭を撫《な》でて涙ぐむ母親を見て、十歳のカレルは、それが自分の命の値段なのかと、ぼんやり思っていた。幼い弟妹は、これが今生の別れなどとは思わず、無邪気な笑顔でカレルに手を振った。五つ違いの兄は、ただそっぽを向いて唇を噛《か》んでいた。

「さあ、来なさい」

そう言ってカレルの手を取ったアレッサンドロの手の冷たさに驚くと、アレッサンドロは無表情に、常識を語るような口調で「優れた魔法使いの手は、氷の如《ごと》く冷たいものだ」と言った。

アレッサンドロは、「では」とカレルの両親に目礼すると、右手に持った長い杖で地面を突いた。するとたちまち、地面に赤銅色に光る魔法陣が浮かび上がり……次の瞬間、二人はアレッサンドロの家の前に立っていた。

「ここはどこ？　僕のおうちはどこっ？」

初めて経験した魔法の力に仰天するカレルに、アレッサンドロは冷ややかな目と声でこう言い放った。

「ここは、お前が生まれた街から、馬で何十日も駆けねばならぬほど遠い地だ。逃げ出しても、けして元の家には帰れぬぞ」と。

アレッサンドロは、金で買った子供を逃がさないよう、わざと遠くの街で子供を「入手」し、魔法の力で一瞬にして物凄《ものすご》い距離を移動してここに連れて来る。カレルは後で、兄弟子のロテールにそう教えられた。おそらく、ロテール自身も似たような手順でここに来たのだろう。

「家族……か」

ふとそう呟いて、カレルはたちまち苦い表情になった。

両親は一家を養うため、我が子の中でいちばんひ弱なカレルを「処分」したのだ。今なら故郷への道を調べることも可能だろうが、捨てられた子供である自分が実家へ戻ったところで、何の喜びがあるだろう。待っているのは、気まずさだけに違いない。

「家族なんて、俺にはもういない。行くところなんて、他にどこもないんだ」

そう声に出してみると、孤独感が一気に増した。

悲しみではなく、虚《むな》しさだけが胸に満ちている。この家で幸せを感じたことなど一度もないが、かといって他に行きたい場所もやりたいこともない。そんな空っぽな自分が情けなくて、身体に力が入らない。

「もう、このまま消えちまってもいいくらいだよな、俺」

そんな自暴自棄《じぼうじき》な言葉が零れたそのとき、視界の端に奇妙な変化を捉《とら》え、カレルはギョッとして立ち上がった。

工房のど真ん中あたりの広く空いた場所に、突然青い光が瞬《またた》いたのだ。

「!?」

何ごとかと息を呑みつつも、カレルは壁にへばりついた姿勢のまま、成り行きを見守る。

すると、何の変哲もない古びた木の床の上に、青白い円環状の魔法陣が鮮やかに浮かび上がった。その複雑な模様には、見覚えがある。

(もしかして！)

カレルの大きな黒い目に、僅かな希望の光が宿った。

ほどなく魔法陣の中央に、ぼんやりと大きなガスの塊のようなものが現れ、それはみるみるうちに人間の……黒に近い灰色のローブを纏《まと》った長身の男の姿になった。

男がゆっくりとカレルのほうを向く。視線が合った瞬間、カレルは魔法が解けたように、男の名を呼びながら駆け寄った。

「ロテール！」

それは、カレルの兄弟子、ロテールだった。

ロテールは、片手を挙げて挨拶《あいさつ》するかと思いきや、目深に被《かぶ》っていたフードをパサリと後ろに落とした。白皙《はくせき》の、知性的な顔が露《あら》わになる。

ロテールが独立して以来、少なくともカレルは一度も彼に会っていない。六年ぶりに会う彼は、かつては短かった髪を長く伸ばし、真っ直ぐ垂《た》らしていた。艶《つや》やかな黒髪と真っ白な肌がミステリアスなコントラストを成していて、いかにも「魔法使い」らしい容貌《ようぼう》だ。昔から実年齢より落ち着いた風貌と物腰の持ち主だったが、今はそこに、凛《りん》とした貫禄《かんろく》と余裕のようなものが加わっているように思われる。

「久しいな、カレル」

静かな声でそう言い、ロテールはカレルの肩に手を置いた。

「お前は、あまり背丈が伸びなかったようだ。別れたときと、まるで変わらぬ」

昔から言葉数が少なく、あまり人と打ち解けるタイプではない兄弟子は、淡々と客観的な事実だけを告げ、笑顔も見せなかった。それでもひとりぼっちが解消されただけで心強

くなれたカレルは、ロテールのローブの袖《そで》を摑《つか》んで引っ張った。

「ロテール！　大変なんだよ、師匠が！」

「わかっている。だからこそ、急ぎ『飛んで』来た」

平然と言い放つロテールの涼やかな顔を、カレルはビックリして見上げる。

「わかってるって……どうして⁉　俺、誰にも知らせてないよ？」

「アレッサンドロから譲り受けたこの杖が、元の主《あるじ》の死をわたしに告げた」

そう言ってロテールは、地面についた長い杖を見た。シンプルなオークの杖は、アレッサンドロがみずから古木を削って作り、ロテールが独立するときに与えたものだ。無論、杖は生き物ではないが、ときに作り手や持ち主の魂と共鳴することがあると聞いたことがある。おそらく、アレッサンドロが作り上げた杖は、そういう特殊な逸品なのだろう。

「どうせお前は、ただ途方に暮れているだけだろうと思ってな。弔《とむら》いの支度は？」

「…………」

まだロテールのローブを摑んだまま、カレルは力なくかぶりを振る。

「そうだろうとも。だからこそ、急ぎの仕事を片付けて駆けつけたのだ」

これといって落胆した様子もなくそう言うと、ロテールはカレルの手を振り払い、アレッサンドロの寝台のほうへ足を向けた。カレルも慌てて後を追う。

「………」

寝台の脇に佇《たたず》んだロテールは、物言わぬ師匠の亡骸に向かい、しばらく無言で頭を垂れていた。だが、ほどなく顔を上げて振り返った彼の黒い瞳に涙はなかった。

「師匠、病気で死んだと思う？」

いかにも恐る恐る、カレルは訊ねてみた。ロテールは、今や強張って蠟《ろう》人形のように見えるアレッサンドロの死に顔を無表情に見下ろし、小さく肩を竦《すく》めた。

「急に訪れた死だったのだろう？　ならば心の臓か、脳か……。おそらくは心の臓が弱ってでもいたのだろう。顔が少し浮腫《むく》んでいるようだから」

「心の臓……か。俺、気づけなかった」

「何を？」

傍らに立ってしょんぼりと項垂《うなだ》れるカレルを、ロテールは訝《いぶか》しげに見下ろした。カレルは、仮面のように冷たく整った兄弟子の顔を見上げ、良心の痛みを告白する。

「ここ半年くらい、師匠、どんどん食が細って、疲れやすくなってた。俺、てっきり歳のせいだとばかり思ってて……」

「その通りだ。この歳まで生きれば、どんな病で死のうと大きく括《くく》れば寿命だ。アレッサンドロとて、思い残したことなどあるまい。お前が気に病む必要はないぞ」

冷ややかにそう言い放ち、ロテールは燭台《しょくだい》のロウソクに火を点けながらカレルに言った。

「朝まで、遺体はここに安置しておこう。カレル、お前は夜が明けたらすぐ、村長にアレッサンドロの死を知らせに行け。葬儀は午後、広場で行う。準備のために人を寄越してくれと伝えるのだ」

「広場で!? 村長でもないのに、そんな立派な場所で?」

カレルは目を剝《む》いた。

セトの村では、魔法使いが葬儀を取り仕切る。アレッサンドロの弟子として、カレルも何度か村人の葬儀を手伝ってきたが、弔いの儀式は各々の家で行われ、そこから村外れの墓地へ遺体を運ぶというのが定石の手順である。公共の場である広場での葬儀など、カレルには初耳だった。

だがロテールは、カレルが何を驚いているか理解できない様子で話を続けた。

「魔法使いの死体は、村人たちに不安を抱かせぬよう始末せねばならん」

「どういう……こと?」

ロテールの言葉の意味が理解できないカレルは、ただまじまじと兄弟子の理知的な顔を見返すばかりだ。ロテールは、出来の悪い子供の相手をする親の如き口調で、嚙んで含めるように言った。

「まじない、魔除け、死、あるいは呪詛《じゅそ》……。我ら魔法使いは、人の世の暗闇に接することが多い。それゆえ、死した後、魔法使いの魂が闇に囚《とら》われ、魔物と化すと信じている人間は多いのだよ」

「そんな！　魔法使いは、村の人達を、魔物から守ってるのに」

「だからこそ、闇の住人たちに恨まれ、死して魂を狙《ねら》われやすい……と考えられないこともあるまい？　素人というのは、概して疑り深く、恐がりなものだ」

「それは……そうかも、だけど」

さらりと言い負かされ、カレルは悔しそうに唇を噛む。

「でも、だからってどうして村の広場で弔いを？」

「それは……いや、待て。お前は本当に、何もしていないのだな。何も」

ロテールはウンザリした顔で、丁重に、けれど遠慮なく力を込めて、アレッサンドロの肩関節の死後硬直を解いた。同じように肘《ひじ》と手首、そして手指の強張りも解きほぐすと、ロテールはローブのポケットからヒイラギの小枝を出した。それを老人の両手に握らせ、指をきちんと組み合わせてやる。

「人が死ねば、すぐさま魔除けのヒイラギを持たせ、手をこのように整えてやらねばならぬ。それくらいのことは、お前とて知っていただろうに」

さすがに非難めいた口調でそう言われ、カレルは恥ずかしそうに俯《うつむ》いた。

「ご、ごめん。何だかビックリし過ぎて、ぼーっとしちゃってた」

「………………」

やれやれというように首を振ると、ロテールはカレルのほうに向き直った。

「とにかく、明日の葬儀はわたしが取り仕切る。お前はもう休むといい」

「でも、師匠が」

「亡骸には、わたしが付き添おう。独立して以来、アレッサンドロ……師匠には、不義理のし通しだったからな。せめてもの償いをせねばならぬ」

諭すようにそう言い、ロテールはカレルの肩を軽く扉のほうへ押しやった。しかし、眠れと言われたからといって、はいそうですかとベッドに潜り込む気分にはなれない。

「だけど、ロテール、俺……」

「いいから眠りなさい。死者の近くで言い争うべきではない」

ロテールは決して声を荒らげたりはしないのだが、その声音や、人をじっと見る癖のある黒目勝ちの目には、妙な威圧感がある。

「……わかった。おやすみ」

やはり挨拶を返してくれない兄弟子に背中を向け、カレルはトボトボと自分の部屋に引き上げた。

　翌日の午後。

　セト村の広場には、たくさんの村人が集まっていた。皆遠巻きに、広場の中央に据えられた質素な棺桶《かんおけ》に視線を投げかけている。

　棺《ひつぎ》の中には、純白の衣装を着せたアレッサンドロの遺体が横たえられていた。その傍らには、右腕に喪章を着けた村長とロテールが並んで立っている。

　祭祀《さいし》用の真っ黒なローブを纏ったロテールは、垂らした長い黒髪と相まって、闇の使者のように見えた。だが、村娘たちの視線は容姿端麗なロテールに釘付《くぎづ》けで、若い男たちは、幾分忌々しそうにロテールを睨んでいる。無論、ロテールのほうは、彼らのことなど気にも留めていないのだが。

　カレルは魔法使いの弟子の制服ともいえる腰までの短い灰色のローブを着て、ロテールの手伝いに奔走していた。棺に敷き詰める野の花や、ロテールの使う香炉をひとりで用意せねばならず、夜明けからずっと働き通しである。

　やがて午後三時の鐘と共に、見事な刺繍《ししゅう》が施された上着を着込んだ村長が、大きな咳払いをして口を開いた。

「昨夜、アレッサンドロが安らかに息を引き取った。長年、この村のために尽くしてくれた魔法使いが、魔に囚われることがなきよう、皆で丁重に弔わねばならぬ」

七十歳を過ぎ、腰はいささか曲がりつつあるものの、村長の声にはまだまだ威厳がある。お喋《しゃべ》りしてた村人たちも口を噤《つぐ》み、村長の言葉に神妙な顔で頷《うなず》いてみせた。

「幸い、アレッサンドロの愛弟子であったロテールが、遠い街より葬儀のために戻ってくれた。こたびは、このロテールにすべてを委《ゆだ》ねたいと考えておる。師匠を弔うには、もっともふさわしい人物であろう。皆はどう思うか？」

村人たちは何故か少し怯《おび》えた顔で、しかし口々に同意の声を上げて頷く。

(何だろ。昨夜、ロテールは教えてくれなかったけど、これから何が起こるんだろう)

カレルは内心首を傾げながらも、ロテールの傍らに立った。村長は、ロテールに向き直り、うんと年下の魔法使いに対し、軽く頭を下げた。

「では、村長として、そなたがこれより行うことをすべて受け入れ、赦《ゆる》すとここに宣言しよう。よろしく頼む」

「心得ました」

ロテールも軽く礼を返し、さりげなくカレルに囁きかけた。

「カレル。決して取り乱したりせぬようにな。念のため、フードを被っておきなさい。香炉をわたしに」

「は……はいっ」

わけがわからないまま命令に従い、カレルはロテールに、香草や香木の詰まった香炉を手渡した。さっき火を点けたばかりなので、香炉からは勢いよく煙が立ち上っている。

それを受け取ったロテールは、恭しく香炉を捧《ささ》げ持ち、アレッサンドロの遺体に深々と頭を下げた。香炉から溢《あふ》れ出す煙が、老人の全身をヴェールのように覆う。周囲に漂う独特の香りに鼻の奥がムズムズしてきて、カレルは慌ててローブの袖で鼻を擦《こす》った。

「我が敬愛する老師アレッサンドロよ。あなたは長年にわたり、セトの村の人々を魔より守り、病の人を癒《いや》してきた。そしてわたしと、ここにいる愛弟子カレルを、立派にお育てくだされた……」

（え？　何で、俺の名前まで出すわけ）

見守る村人たちの視線が自分に注がれるのを感じ、カレルはフードをより目深に被った。

ロテールは香炉を村長に渡し、カレルに低い声で指示した。

「そこの木箱を」

「……わかった」

カレルは戸惑いを抑え、葬儀が始まる前、村長が持って来た細長い木箱をロテールに差し出した。視線に促され、古ぼけた箱の蓋《ふた》をそっと開ける。

「?」

カレルは目を丸くし、村人たちは……特に年老いた者たちは、不意にざわめいた。村長も、妙に強張った顔で箱の中身を見つめている。

(いったい何なんだ、これ)

箱の中には白い絹布が敷かれ、その上には小振りの槌《つち》と、大きな釘のようなものが置かれていた。表面は黒ずんでいるが、おそらく銀だろう。側面には、謎めいた古い文字が刻み込まれている。

釘の一方の端は平たく、もう一方の先端は、恐ろしいほど鋭く尖《とが》っている。その先端に、銀の変色とは違う、黒々としたシミのようなものが付着しているのを見て、カレルは言い知れぬ不安に襲われた。

「……ロテール、いったい、これで何を……」

箱を捧げ持ちながら、カレルは不安に耐えかねてつい小声で訊ねる。だがロテールは、ジロリとカレルを睨んだだけで何も言わなかった。

村長と視線を素早く交わしてから、ロテールは槌と銀の大釘を手にした。そして、それらを村人たちに見せるように、両手に持って高く掲げてみせた。村人たちは、一様に息を呑む。異様な緊張が漂う広場に、ロテールの声が凛と響いた。

「我が師の魂を魔に引き渡すことがないよう、埋葬の前に、銀の大釘をもってその心の臓を清める。証人として、皆、目をそらすことなく見届けていただきたい」

次の瞬間、カレルは危うくあっと声を上げそうになり、慌てて両手で口を塞《ふさ》いだ。棺の前に片膝をついたロテールは、アレッサンドロの胸部やや左側……ちょうど心臓の上に大釘の先端を置いたと思うと、何の躊躇《ちゅうちょ》もなく槌をその上に振り下ろしたのである。

鈍い音がして、銀の釘は哀れな老人の胸に真っ直ぐ突き刺さった。もう死んで随分経つので、死に装束が朱に染まるようなことはないが、それでもその光景は十分に衝撃的であった。

「ッ！」

村人の中には、恐怖に駆られ、顔を背けるものも少なくない。だが村長は、顔を歪《ゆが》めながらもロテールの蛮行を見守っている。

「銀の釘は、確かにアレッサンドロの心の臓を貫いた。これで、魔物が来ようとも、彼の魂を奪うことはかなわぬ。……彼の魂が、永遠に安らかであらんことを」

顔色一つ変えず祈りの文句を唱えると、ロテールは両手に力を込めて銀の釘を引き抜いた。釘の先端には、ベットリと血がついている。そこでカレルは初めて、釘のシミはこびりついた血液であること、あの大釘は、おそらく代々の魔法使いの胸に突き刺されてきたのだということを悟った。

（魔法使いって……弔いで、こんな酷いことをされるんだ……）

箱の中に無造作に大釘と槌を戻し、ロテールは真っ青な顔で自分を見上げるカレルに、ごく小さくかぶりを振ってみせた。そして、まるで少年の心を見透かしたようにこう言った。

「残酷な仕打ちではない。これは魔から彼を守るための、最後の手向けなのだよ」

「でも……」

罪人でもないのに、死体をこんなふうに損なわれるなんて、と言いたげなカレルを無視して、ロテールは村長に、続いて村人たちにうっそりと頭を下げた。皆、勇敢な行為に感服した表情でロテールを見ている。

村長はカレルの手から木箱を取り返すと、さっきまでより明らかに安堵《あんど》の滲《にじ》む声で宣言した。

「では、皆、アレッサンドロの安らかな眠りのために祈ろう。棺を白い花で埋め、土の下の静かな終《つい》の棲家《すみか》へと送ろうではないか」

村人たちが、長く村で暮らした魔法使いに最後の別れを告げるべく、列を作り始める。

ロテールに促され、カレルはまだ半ば魂が抜けたような顔つきで、花を入れた籐《とう》編みの籠《かご》にのろのろと手を伸ばした……。


村外れの共同墓地にアレッサンドロを葬り、二人が丘の上の家に戻ってきたのは、とっぷり日が暮れてからだった。

こぢんまりした食堂兼居間に入った二人の口からは、さすがに疲労の吐息が漏れる。

「今夜は泊まってくだろ、ロテール。夕飯、昨日作ったシチューしかないけど、それでいい？」

カレルは兄弟子のために顔や手を洗うための水を用意してやり、訊ねた。ロテールはローブを脱ぎ、ゆったりした長衣を羽織ると、洗面器に張った水で手を洗いながら頷く。

「何でもよい。量が足りないなら、お前だけ食べなさい」

「たくさん作ったんだ。すぐ用意するから、ゆっくりしててよ。ええと、まずは暖炉に火を入れて……」

「それはわたしがやろう」

固い木の椅子に腰を下ろしたロテールは、大雑把に手を拭《ふ》いてから小さく指を鳴らした。

途端に、薪《まき》が籠の中から勝手に宙を飛んで暖炉に飛び込み、小さな火花が散って火が熾《おこ》る。

目に見えない「何か」の仕業である。

「ロテール、使役を飼ってるんだ？」

目を丸くして問いかけたカレルに、ロテールはテーブルに片手で頬杖を突いて投げやりに答えた。

「使役というほど役に立つわけではないが、まあ、庇護《ひご》を与える見返りにそれなりに働いてくれるひ弱な精霊だ」

「でも、大事に育てれば強くなるんだろ？」

「わたしが生きているあいだには、さほど期待はできない。わたしの弟子の弟子くらいまで引き継げば、どうにか使い物になるのではないか」

「そんなにかかるんだ」

「精霊というのは、悠久の時を生きるものだ。寿命が無限である分、成長も人間よりずっと遅い。……カレル、お前、そういうことをアレッサンドロから習っておらなんだのか？」

訝しむというより、むしろ咎《とが》めるような口調で問われ、カレルは気まずげに頷いた。

「俺、あんたと違って魔法使いの素質はあんまないみたいだから。師匠には、『お前が使役を持つなど二十年早い』ってずっと言われてた」

「……そうか」

あっさり納得した様子で頷き、ロテールは唇を引き結んで目を伏せる。出会った頃からあまり健康的に見えたためしのない男だが、今夜は、痩せた頬がいつもよりずっと青白く見えた。

（ロテール……。昨夜は師匠にずっと付き添ってくれてたし、今日は今日で葬儀であんなことしたから、きっと疲れてるよな。早く食事して、休んでもらわなきゃ）

「シチュー温めるだけだから、少しだけ待っててくれよな」

そう言い置いて、カレルは大急ぎで食事の支度に取りかかった。


ほどなく二人は古ぼけた木のテーブルを挟んで向かい合い、残り物のシチューと茹《ゆ》でた小さなジャガイモという質素な夕食を摂った。

「すっげー久しぶり」

「何がだ？」

妙に嬉しそうなカレルに、ロテールは小首を傾げる。カレルは、手にしたスプーンの先で、ロテールを指した。

「飯のとき、向かいに人がいるってのが。あんたがいた頃は毎日そうだったけど、二人になってからは、師匠は自分の部屋で食べてただろ？　俺、ずーっとこのテーブルで、一人で飯食ってきたから」

「……ああ」

別段興味がなさそうな相づちを打ったきり、ロテールは黙々とシチューを口に運ぶ。その彫像のように整った顔を、カレルは覗《のぞ》き込むように見た。

「どう？」

「今度は何がだ？」

「シチュー。旨い？」

「……十分に食べられる」

口の中に入っていたものを飲み下し、ロテールは素っ気なく答えた。カレルは不服そうに頬を膨らませる。小柄でやせっぽちなせいで、彼は十七歳という年齢より少し幼く見えた。表情にも、まだまだ子供っぽいところがある。

「そういうとこ、全然変わんないんだな。もしかして、魔法使いの素質のある人ってみんな、食べることに興味がないもんなのか？」

そう問われて、ロテールはどうでもよさそうに「さあ」と答える。会話を楽しむつもりなど皆無な兄弟子の態度に、さすがのカレルも鼻白みつつ、それでも黙っていることができずに話題を変えた。

「あの、さ。今日のこと」

「うん？」

無愛想な兄弟子は幾分うんざりした様子で、それでもカレルの話に耳を傾けてくれる。

「ゴメン。あんまり飯のときにする話じゃないかもだけど……。あの銀のでっかい釘、あれ、代々使われてきたわけ？　魔法使いって、あんな風に必ず死体に釘を打たれるのか？」

ロテールはこともなげに頷いた。

「場所にもよる。この近隣の村では古来そういう伝統だと、独立してここを出て行く少し前、アレッサンドロに聞かされた。自分が死んだら、慣習に則《のっと》って死体を処理せよと」

「そう……なんだ」

「昼にも言ったが、あの行為を残酷だと思ってはならぬぞ。村人たちを不安がらせぬことは、我ら魔法使いの最後の務めだ」

カレルは曖昧《あいまい》に頷く。

「理屈ではわかるけど……。何だか師匠が最後の最後に魔物扱いされたみたいで、嫌な気がした」

「魔法使いが魔物にならぬようにするための釘打ちだ。一時の感情でそういうことを言うものではない」

「……………」

ロテールの態度は冷淡で、取り付く島もない。さすがのカレルも挫《くじ》けて、しばらくは無言でシチューを平らげた。しかし、今となっては唯一の身内と言うべき兄弟子が目の前にいるうちに、カレルにはどうしても相談しておきたいことがあった。

「なあ、ロテール。俺、これからどうしたらいいんだろ」

思いきってカレルがそう問いかけると、思慮深い眼差《まなざ》しの兄弟子は、訝しげにカレルを見た。

「これからどう、とは？」

「だって、師匠が死んじゃったし、俺、これからどうやって食っていけばいいかなって。その……もし嫌じゃなかったら、ロテールの弟子に……」

「馬鹿なことを」

ロテールは無表情のまま、声音だけで盛大に呆《あき》れてみせた。カレルはムッとして頬を膨らませる。

「馬鹿ってことはないだろ！　俺だって飯食えないと困るし、あんたが弟子にしてくれないんなら、何か仕事を見つけないと」

「それが馬鹿なことだと言うのだ。カレル、お前はいくつになった？」

「十七歳」

「ふむ。確かに多少早いが、独立してもよい歳だ。お前はアレッサンドロの跡を継ぎ、ここで魔法使いとして生きてゆけばよい」

ロテールは常識を語る口調で淡々と言ったが、カレルは狼狽《うろた》えて激しく首を振った。

「だけど俺、ロテールと違って魔法使いに向いてないって、師匠にいつも言われてたんだってば。お前は役立たずだって、毎日怒られてた。それなのに、いきなり魔法使いになんてなれないよ。師匠が、墓場から出て来て怒りそうだもん」

「アレッサンドロは、もう安らかな眠りの国だ。不満があろうと、何も言えぬよ」

口角を数ミリ上げて苦笑いすると、ロテールはしばらく考え、そしておもむろにこう問いかけた。

「護符……アミュレットやタリスマンを作ることは？」

いきなり実務的な質問をされ、カレルは戸惑いながらも頷く。

「護符？　うん、作れる。師匠がめんどくさがったから、この三年くらい、お守りは全部俺が作ってる」

「では、魔除けのハーブ束や惚《ほ》れ薬、その他の薬を調合することは？」

「それも、ロテールがいなくなってからは、俺の仕事だったから。大抵のものは作れるよ」

「魔除けのまじないくらいは知っているか？　儀式の手順は？」

「ああ、うん。そのくらいは。師匠がやるのを何度も見たし、手伝いもしてたからさ」

「ならば、それで十分だ」

　ロテールはあっさりと言い放った。カレルは目を剝く。

「えっ？　でも俺、呪詛とか、そういう物騒なのは無理だぞ！　師匠も、そういうことには凄く高度な集中が必要だし、客の秘密も守らなきゃだからって、俺を連れていくことはなかったから」

「呪詛は、魔術の中でも難しいものだ。わたしですらも、縁切り祈願程度くらいなら引き受けるが、呪殺はまだ手を出せぬ。人を呪《のろ》えば、必ず同じだけの報いが魔法使いに返ってくる。それを受け止め、消し去れる老練な魔法使いでなければ、高度な呪詛は請け負えないのだ」

「そうなの？　俺、ロテールはもう何でもできるのかと思ってた！」

「まさか。わたしとて、まだまだ修行の身だ。……いや、魔法使いは、死ぬまで修練し続けねばならぬ定めと言うべきか」

　そう言って熱いお茶を啜《すす》ったロテールは、黒い切れ長の瞳でカレルをじっと見据えた。

「よいか、カレル。お前は魔法使いの弟子として七年間生きてきた。この辺りの住民は皆、お前のことをそういう目で見る」

「そういう目って……」

「もはやお前も、魔に近づいた人間の一人ということだ。アレッサンドロと同じくな」

「！」

カレルは息を詰めた。テーブルの上に置いた両手の指に、グッと力がこもる。

「で、でも俺、まだ何も……」

「七年間も、魔法使いの傍らで生き、行動を共にしていれば、同類とみなされて当然だ。お前が今さら里に出て、他の仕事に就きたいと願ったところで、受け入れる者など誰もおらぬだろう」

「そ……んな。じゃあ俺がもし今死んだら、師匠みたいに……ここに釘を打たれるの？」

思わず自分の心臓のあたりに手を当てたカレルの顔には、明らかな怯えの色がある。だが、少年の恐怖心など気にも留めず、ロテールは平然と頷いた。

「そうなるだろうな。諦《あきら》めて、腹を括ることだ。……まあ、村人たちも、最初からお前に多くを求めはすまい。出来ることから、丁寧にこなしてゆけばよい。出来ぬことをやれると安請け合いして失敗すれば、信用を失う。実績を積み重ねてゆけば、いつかは一人前の魔法使いと認められる。それだけのことだ」

感情のこもらないロテールの言葉は理路整然とし過ぎていて、カレルには反論の糸口すら摑めなかった。ロテールは、物言いたげに口をパクパクするカレルを諭すように、静かに言葉を継いだ。

「今日、葬儀のときにアレッサンドロの弟子としてお前の名を出したのも、村人たちに、お前を後継者として知らしめるためだ」

「……あ……」

「村長にも、その旨は伝え、了承を得てある。案ずるな」

「でも！　村長は、ロテールに帰ってきてほしがったんじゃないか？　だって、ロテールは師匠に杖を貰《もら》って独立した、立派な魔法使いなんだし」

せめてもの抗弁を試みたカレルだったが、ロテールは静かにかぶりを振った。

「確かに打診は受けたが、戻る気はないとはっきり告げた。わたしは別の街で魔法使いとして工房を構えている。街の人々を捨てて、ここに戻ることはもうできないと。村長も納得して、お前を後継者として見守ってゆくと言っていた」

「う……。でも！　でもでも、俺、師匠から杖貰ってないし！　魔法使いは、独立するときに師匠から杖を貰わなきゃいけないんだろ？」

「問題ない。お前はアレッサンドロの跡継ぎなのだから、彼のローブと杖はもはやお前のものだ。……諦めろ。お前にはもう、他の生き方など存在しない」

「…………」

カレルの幼い顔に浮かんでいたのは、困惑と、絶望と、諦めの表情だった。

この家に引き取られて以来、山を下りるのはアレッサンドロの仕事に付き従うときか食料を仕入れるときだけだ。さすがに店の人々とは顔なじみだが、それとて天気の話をする程度のことで、カレルには友達と呼べる人間は誰ひとりいない。

正直なところ、自分の感情を吐露《とろ》できる相手は、目の前のロテールだけなのだ。そのロテールに未来の選択肢をどんどん減らされ、一本道に追い詰められている今、カレルは真っ暗闇に向かって背中を強く押されている気分だった。

「ロテール、でも俺、まだ自信が……」

それでも縋るような眼差しでカレルが吐き出した言葉を、ロテールは「甘えるな」の一言ではね付け、立ち上がった。

「明朝、二人で村長の家へ行き、正式にお前がアレッサンドロの跡を継いだことを伝える。そこまでは、アレッサンドロの一番弟子としてのわたしの義務だ。そして、お前の手に余る仕事が舞い込んだときも、お前の兄弟子としての務めを果たそう。……だが、それ以外のことは、お前が自分の運命を受け入れ、努力するより他がない。これ以上話しても、時間の無駄だ」

「……ロテール……」

「わたしはアレッサンドロの部屋で休む。……お前も詮《せん》ないことを考えず、早く床に入りなさい」

そう言い捨て、ロテールは長衣の裾を優雅に翻して部屋を出ていく。後には、カレルひとりだけが残された。

「そんなこと……言われたって」

蚊の鳴くような声で呟いて、カレルは食べかけのシチューの皿を見下ろした。

食事の前まで、まさか自分が魔法使いになるなど考えもしなかった。今後はロテールの弟子として暮らすか、あるいは村で何か仕事を見つけるか……どちらにしても、ここでの最後の仕事は、アレッサンドロの持ち物を片付けることだと思い込んでいたのだ。

これまでは、山のように仕事を言いつけ、ことあるごとにクドクドと叱責し、理不尽な体罰を与えるアレッサンドロを、疎《うと》ましい年寄りだと思ってきた。だが、今こうしてひとりになってみると、たまらなく彼の不在が心細い。

「明日からは……俺、ひとりでやってかなきゃいけないんだな」

声に出して確認すると、ますます孤独が深まっていく。カレルは思わず両手で自分の身体を抱いた。突然に終わりを告げた子供時代を引き留めようとするかのように、少年はそのまま動けなくなる。

カレルの、「魔法使いの弟子」としての最後の夜は、こうして限りない不安の中で更けていったのだった……。

二章　誰かの声を

毎朝、夜明け前に起き出し、少し離れた沢まで調合に使う清水を汲《く》みに行く。帰ったらすぐに畑の手入れをし、季節によっては開いたばかりの花や草木の若芽を摘みに出ることもある。

日が昇って室内が明るくなったら家じゅうを掃除し、湯を沸かしてお茶とパンの簡単な朝食を済ませて、それからようやく工房での作業に取りかかる……。

アレッサンドロの後継者として魔法使いとなったカレルの一日は、いつもそんなふうに始まる。

七年間、魔法使いの弟子としてずいぶん忙しく過ごしてきたと思ったが、魔法使いになってからの多忙ぶりはその比ではなかった。

魔法使いの仕事は、とにかく驚くほど多岐に渡っている。

依頼主の目的に応じた色々な種類の護符作り、草花からエッセンスを抽出して香水を作る仕事、豊作や多産を祈るまじない、生まれた子供から魔を遠ざける儀式、葬儀……そして何より大切で大変なのが調薬である。

大きな町ならいざしらず、セトのように山間の小さな村には、医者などいない。よほどの重病や大怪我なら町まで運ばざるを得ないが、そうでなければ皆、魔法使いが作る様々な薬を使ってしのごうとする。風邪、腹痛、頭痛、疳《かん》の虫、湿疹《しっしん》、吐き気、筋肉痛、関節痛、歯痛といった様々な症状を訴え、人々はカレルの元を訪れる。カレルは彼らの症状を聞き、適切な薬を処方してやらなくてはならないのだ。

何もかもを一人でこなさなければならないカレルは、文字どおり朝から深夜まで仕事に追いまくられていた。

そういえばアレッサンドロは暖炉の他、工房に据えた石炭ストーブの上にも常に複数の鍋やガラス容器を置き、あれこれグツグツと煎じたり煮詰めたりしていた。おかげで家じゅうに酷い悪臭が立ちこめることもしょっちゅうだったが、あれはきっと、何種類もの薬を同時に仕込んでいたからに違いない。

年老い、動きも緩慢だったアレッサンドロだが、カレルに作業を手伝わせていたとはいえ、常に驚くほど多種の薬を揃《そろ》えていた。生前はあまり考えたことがなかった師匠の辣腕《らつわん》ぶりを、今になって痛感するカレルである。

まだ効率的に仕事を進めることができないだけに、休む暇など一秒もない。一日の仕事を終え、固いベッドに身を投げた瞬間に意識が途切れる……そんなギリギリの毎日を、カレルはただひたすらやり過ごしていた。

そして、アレッサンドロが死んで二ヶ月ほどしたある日のこと……。

「膝の痛みはどう?」

カレルに問われ、工房の粗末な木の椅子に掛けた初老の女性は、長いスカートの上から大儀そうに右膝をさすってみせた。

「おかげさんで少しはよくなったんだけどね。しゃがむと立つのがつらいよ」

「そっか……。やっぱもっぺん湿布をしとこう。すぐ用意する。そろそろ冷やすより温めたほうがいいと思うから、こないだとは違う配合にしてみるよ」

カレルは棚に並んだ瓶詰めのハーブを何種類か選ぶと、乳鉢で磨り潰した。ペパーミントやローズマリー、ラベンダーの香りがたちまち工房に立ちこめる。

「いい匂いだねえ」

「だろ。この組み合わせはよく効くんだ」

湿布の調合は、アレッサンドロの養子になって以来ずっとカレルの仕事だった。自信を持って手際よく準備するカレルの様子に、長年アレッサンドロがかかりつけだった女性は、安心した様子で工房を見回した。

「もう、慣れたかね？」

カレルはたちまち笑顔を曇らせ、かぶりを振る。

「無理無理。全然慣れないよ。俺、師匠がこんなに色んな仕事してたなんて、知ってたつもりで知らなかった。もう、忙しくってさ」

「見るのとやるのは大違いってことかい」

「うん。俺なりに一生懸命やってるけど、全然おっつかねえ。今は師匠が作った薬が残ってるからどうにか凌《しの》げるけど、早いとこ慣れないとヤバイな……さあ、できた。膝を出して」

磨り潰したハーブを小麦粉のペーストと混ぜて木綿布に伸ばしたものを、カレルは女性の膝に貼り付けて、包帯で固定してやる。

「少しだけチリが入ってるから、ピリピリするかもしれないけど我慢してくれよ。乾いたら剝がしちまっていいから」

「ああ、そうしよう。あと、旦那が胸焼けして仕方ないって言うんだけど、何かいい薬はあるかい？」

「わかった。消化薬も出すよ。まずは軽い奴からな」

カレルは戸棚にズラリと並べた小さな小瓶から、「タラゴンの消化薬」と書かれたものを選び出す。タラゴンの葉とほんのちょっぴりのバニラをアルコールに漬け込み、砂糖を加えたシロップが入っている。

「胸焼けしたときに、これを茶さじに一杯。でも、薬より、あんまり酒を過ごさないように言ったほうがいいかも」

「ありがとよ。あんたの言うとおりなんだけど、夜の一杯だけが亭主の楽しみだからねえ。……それにしても、何だね。せめて手伝いがいれば、あんたももう少しやりやすいだろうにね」

女性は、アレッサンドロが生きていた頃より明らかに物が散乱した工房を眺めながら、しみじみと言った。カレルは、出した瓶を元の場所に戻しながら、首をねじ曲げて女性の気のよさそうな丸い顔を見る。

「手伝い?」

「ひとりぼっちで家のことも魔法使いの仕事も全部やってたんじゃ、そりゃあ手が回らないだろ。誰か、せめて家のことだけでも手伝ってくれればいいのにって思ってさ」

カレルは寂しく笑って首を振った。

「こんなとこに来てくれる奴なんかいないよ。ロテールが言ってた。魔法使いの家で半日以上過ごした人間は、もう魔法使いの身内とみなされるって。それって、葬式のときに、師匠みたいに心臓に釘を打たれるってことだろ。……そんな物騒な奴のとこに、たとえ通いだって来たがる奴がいるわけない」

「……それもそうだねえ。あんた、養子を取るにはまだ若すぎるし、嫁さんをもらうのも」

「だーかーらー、魔法使いに嫁入りしたい女の子なんて、いるわけないってば」

「気の毒に。もう長いこと世話になってるのに、何もしてやれなくて悪いね。これ、代金と、あと少しだけど」

愚かなことを言ったと悔やんでいるのだろう。女は気まずげな表情で立ち上がると、カレルに幾ばくかの小銭を渡し、ついでに籠から紙包みを出して椅子の上に置いた。

「何？」

「ソーセージだよ。孫の結婚式で豚を潰したんだ。祝いのお裾分けだよ、食べとくれ」

「ありがとう！」

「まあ、身体をこわさないようにおし。じゃあ、また」

女性は膝が痛む右足を軽く引きずりながら、カレルに背を向けた。工房を出て行くとき、彼女がさりげなく指先を動かしたのを見て、カレルは眉《まゆ》を曇らせた。

アレッサンドロが長年薬を処方してきた彼女は、カレルにとっても顔なじみで、比較的長い会話を交わす数少ない村人のひとりだ。それでも彼女は工房を出るとき、必ず小指に薬指を、人差し指に中指を絡めて、魔除けの印を切る。この工房にある諸々の邪悪なものを、温かなみずからの家に持ち帰ることがないように。

きっと、彼女に悪気はないのだろう。それでも、魔法使いは村人たちとは違い、闇に近い物騒な存在……そんな根強い意識が心の底にあるのだ。

「仕方ないよな。昔から、村の奴らはみんなそう聞かされて育ってんだもん」

自分自身に言い聞かせるように呟き、カレルはソーセージの包みを手に居間へ行った。

窓のない工房はいつも暗いが、居間も薄暗い。どうやら、日没が近いようだ。

「今日はもう、店じまいだな」

村外れ、特に丘の上にあるこの家のあたりは、夜になると狼《おおかみ》が出ることがある。日が落ちてから訪ねてくるのは、よほどの急病人が出たときだけだ。

「飯にすっか。そういえば、凄く腹減った」

最近、仕事に没頭するあまり、昼食を摂るのを忘れがちだ。もとからやせっぽちのカレルなのに、この二ヶ月でさらに体重が落ちてしまった。ただでさえ大きな黒い目が、ほっそりした顔の中でやたらキロキロして見える。

「……ふう」

緊張を解くとたちまち、疲れがどっと押し寄せてきた。ローブを脱ぎ、椅子の背に掛けながら、思わず吐息が漏れる。

年季の入った灰色のローブは、死の瞬間までアレッサンドロが着ていたものだ。カレルは師匠からローブと杖を受け継ぐことにしたが、正直、小柄なカレルにはどちらも持て余すサイズである。

それでも、足首まで隠れる長いローブは魔法使いの制服のようなものであり、新調する余裕がない以上、師匠のものを裾上げして着るしかないのだった。

「…………」

無言のまま、鍋に湯を沸かしてジャガイモと人参を茹で、その横で貰ったばかりの大きなソーセージを一本、こんがりと焼き上げる。肉の焼ける匂いに、カレルの喉《のど》がゴクリと鳴った。

すべてを一皿に盛り、マグに水を満たすと、カレルはテーブルについて食事を始めた。灯りは燭台に灯《とも》した蠟燭一本と暖炉の火だけだが、手元を照らすには十分だ。

「旨《うま》い！」

一口食べた途端、カレルの口から弾んだ声が上がった。

久しぶりに口にするソーセージは、とても美味しかった。パリッと焼けた皮にナイフを入れると、香ばしい香りと共に肉汁が溢れてくる。頬張ると、新鮮な豚肉にたっぷりのスパイス、それにセージとリンゴの風味が広がった。

肉汁を余さずジャガイモに吸わせて頬張り、カレルはふと、目の前で揺れている蠟燭の炎を見た。その幼さの残る顔に浮かんでいた喜びの表情が、みるみる色褪《いろあ》せていく。

「旨い……けど」

アレッサンドロが生きていた頃も、カレルは毎日、ひとりぼっちで食事をしていた。それでもこんな風に客から食べ物の差入れを受け取ると、カレルは必ずアレッサンドロに感想を言うことにしていた。

アレッサンドロ自身はオートミールしか口にしなかったが、客がどんなものをくれたかには興味があったらしく、カレルが外見や味の特徴を告げると、珍しく耳を傾けてくれたからだ。

だが、今はそれすらできない。カレルが吐き出す言葉はすべて、空気に紛れ、消えていくばかりだ。

昼間はぽつりぽつりと客が来るし、仕事の忙しさで気が紛れているが、こうして夜、ひとりになってみると、孤独が遅効性の毒のようにジワジワと染みてくる。

アレッサンドロとはろくに会話がなかったが、それでも家の中で彼が立てる物音を聞き、気配を感じることが、どれほど心強かったか。深夜までアレッサンドロが読書をしたり書き物をしたりする、その微かな音を聞きながら寝入るのが、どれほど安らかなことだったか。師匠を失って初めて、カレルはそのことに気付いた。

たとえ情の通わない関係であっても、挨拶すらまともにしてもらえない相手であっても、まして本人にそんなつもりは欠片もなくても、アレッサンドロは確かにカレルを「庇護」してくれていたのだ。

アレッサンドロがいない今、情けないと思いつつも、狼の遠吠えは勿論、木々や立て付けの悪い窓枠をざわめかせる風の音にもギクッとするカレルである。

「俺……。ずっと寂しいと思ってたけど、あんなの、寂しさでも何でもなかったんだな」

カレルはもぐもぐとソーセージを咀嚼《そしやく》しながら、不明瞭《ふめいりよう》な口調で呟いた。

今、この家と村の魔法使いという立場をひとりで守り支えなくてはならなくなってようやく、カレルは本当の孤独とはどんなものか知った。

「誰か……いてくれたら」

思わずそんな呟きが漏れる。だが、その発言の馬鹿馬鹿しさにすぐ気づき、少年は自嘲《じちよう》めいた笑みに口元を歪めた。

「って、バカだな、俺。さっき自分で言ったんじゃないか。魔法使いにわざわざ関わってやろうなんて思う奴、誰もいないって」

夕方の会話を思い出すと、余計に寂しさが増した気がした。酷く空腹だったはずなのに、みぞおちに鉛の塊が詰まったような重苦しさを覚え、食べ物が喉を通らない。美味しいはずのソーセージも、もはや綿でも嚙んでいるように味気なかった。

「でも、やっぱ誰か……」

誰でもいい。せめて同じ屋根の下にいて、自分が「旨いな」と言ったら、「旨いね」と同意してくれるか……あるいは、頷いてくれるだけでもいい。いや、自分の言葉を聞いてくれるだけで十分だ。

そんな狂おしい思いがこみ上げ、カレルはとうとうフォークを置いてしまった。食事の途中だというのにすっくと立ち上がり、何かを振り払うように首を振る。

「ああもう、暇にしてるからくだらねえこと考えるんだ！　仕事！　仕事しよう！」

食べかけの皿をそのままに、カレルは燭台を手に取り、工房に引き返した。

幸い、仕事ならいくらでもある。

蠟燭が薄暗く照らす部屋でカレルが始めたのは、ニガハッカとオオグルマとオオバコの葉を漬け込んだアルコールに、はちみつとビネガーを足して強力な咳止めシロップを作る作業だった。

多少気持ちが波立つことがあっても、いつもならせっせと手を動かし、ハーブの芳香をほどよく嗅《か》げば、心が静まってくるものだ。だが今夜に限っては、カレルの頭の中から「誰かがここにいてくれたら」という願いがどうしても去らない。

「誰も来てくれるわけないっつってんだろ。そりゃ、せいぜい犬か猫か小鳥くらい……いやでも、結局、俺より先に死なれるわけで、そんなの嫌だし。……あ」

べたつくはちみつに少しずつビネガーを足してガラス棒で混ぜながら、カレルは自分自身に対して悪態をつき、そしてふと手を止めた。

「それとも……いっそ使役、とか？」

彼の脳裏には、兄弟子ロテールが、使役を使って暖炉の火を点けたときの光景が浮かんでいた。たとえ目に見えなくても、会話ができなくても、小さな精霊がこの工房の中を飛び回って、自分が言いつけたちょっとした仕事をしてくれる……それは、今のカレルには十分すぎるほど魅力的なことだった。

「そうだ、使役だよ！　精霊の使役なら、俺より全然寿命が長いし。引き継ぐ奴がいなければ、俺が死ぬとき解放してやればいいんだし。よーし、そうと決まったら弱っちい精霊を捕まえて……って、どうやりゃ捕まえられるんだ？」

俄然《がぜん》張り切りだしたものの、基本的なことではたと行き詰まり、カレルは思わず腕組みして首を捻《ひね》った。

七年にわたる魔法使いの弟子としての生活で、調薬や木彫といった現実的なことについてはかなりの知識と技術を身につけているカレルだが、いわゆる「魔法使いらしい」ミステリアスな技についてはまだまだ半人前以下である。

しかも、少なくともカレルが弟子であった七年間、アレッサンドロは使役を持たなかった。だが、使役は頭が悪くて面倒だ、たとえお前のように愚鈍な者でも、人の子のほうがまだマシだ……と一度だけ何かの拍子に言っていたので、昔はロテールのように精霊を使役としていたのかもしれない。

「もしかしたら、あそこにやり方が書いてあるかも！」

カレルは立ち上がり、工房の片隅にあるアレッサンドロの書き物机の上から大判の帳面を取り上げた。それは、アレッサンドロが常に手元に置き、毎夜、熱心にあれこれとペンを走らせていたものである。

立派な革表紙をめくると、アレッサンドロの独特な筆跡で、びっしりと魔術や調薬の秘伝が書き留められている。弟子のためというより、おそらく自分自身のための備忘録だったのだろうが、突然の独り立ちを余儀なくされたカレルにとっては、何より頼もしい、唯一すがれる師匠の身代わりのようなものである。

とはいえ、ノートに書かれたすべてのことを理解できるわけではない。アレッサンドロの手書き文字に酷い癖がある上、あろうことかすべてが古い時代の言葉で書かれているからだ。

もう誰も日常生活では話さないその言葉を、魔法使いだけが祈禱《きとう》の際に唱え、護符に彫りこむ。それだけにカレルもある程度は勉強しているが、アレッサンドロの多岐にわたる研究結果のすべてを解読するには到底知識が足りない。

「んー……。ロテールは精霊を捕まえて使役にする方法を知ってたんだから、きっと師匠から教わったんだよな。ってことは、ここに書いてある可能性はでかいぞ、きっと」

口の中でブツブツ言いながら、カレルは椅子に掛け、ページを繰り始めた。アレッサンドロの書き付けの中から読める言葉だけを拾い上げ、内容を推測しながら目的の記述を見つけ出そうとする。

「使役……使役……うーん、違うな。これは水虫の薬だろ。こっちは歯痛を抑える薬……。これは……ええと、たぶん子供の夜泣きをなくす護符だな」

蠟燭の頼りない光で黄みがかったぶ厚いページをめくりながら、カレルは一生懸命、使役という言葉を探し続ける。ロテールに比べると遥かに愚鈍だ、不肖の弟子だとアレッサンドロに言われ続けたカレルだが、ここ一番の粘り強さだけはロテールに引けを取らない。

疲労も眠気も忘れ、ただひたすらに作業に没頭する。

やがて、一睡どころか一休みもしないまま、外が白み始めた頃。

「あっ」

カレルは小さな声を上げた。その指先は、広いページの一点を指している。

「使役って言葉はないけど、これじゃないかな。『土』、『助力』、『作る』、『従者』、『奉仕』……うん、それっぽい！」

薄暗い中で文字を見続けていたせいで、カレルの目はすっかり充血してしまっている。

それでもエメラルド色の瞳には、久しぶりに生き生きとした光が宿っていた。

しかし、文章に添えられた絵を見て、カレルは腕組みして首を捻った。

「けど、何だこの絵？　大鍋で……あれこれ材料をグツグツ煮る感じだよな。あれっ？　精霊を捕まえて使役にする方法じゃないのかな、これ」

どうも、アレッサンドロは優れた魔法使いではあっても、絵の才能には恵まれなかったらしい。手描きの絵は、今一つカレルに具体的なイメージを伝えてくれない。

「この大鍋の横に描いてある、山っぽいのと人形みたいなのは何だろ」

左右非対称でいびつに描かれた大鍋の中からは長い矢印が外に向かって伸び、その先に砂山のようなものが、そしてそこからさらに矢印を引いて、かろうじて人間の形ではないかと推測できる小さな絵が描いてある。

「うーん？」

首を左右に傾けながら考え込んでいたカレルは、やがてポンと手を打った。

「そっか！　これ、もしかしてアレじゃないかな。昔、師匠が言ってた……」

カレルの頭の中に、遠い日の記憶が甦《よみがえ》った。


それは、カレルがアレッサンドロの養子になって最初の冬のある夜のことだった。慎《つつ》ましい夕食を摂った後、アレッサンドロは工房の机でこの帳面を広げて書き物を始め、ロテールとカレルは暖炉の前の床に座っていた。

普段、弟子たちは作業部屋で過ごすのが決まりだったが、冬の間は、常に煮炊きしていて暖かい工房で仕事をすることが許されていたのだ。その夜、カレルはロテールに、木ぎれから小さな牛や馬を作る木彫を習っていた。

「どうして、こんな玩具を作るの？」

不器用に小刀を使い、これまた不細工な馬を彫りながら、幼いカレルは傍らのロテールに訊ねた。こちらは見事な手並みで小さな鶏の羽を彫りこんでいるロテールは、手元から視線を動かさずに簡潔に答えた。

「もうじき生まれて来る家畜たちが健やかに育つよう、村の人たちが護符を求めて来る。我々が彫ったこの木彫りが、護符となるのだよ」

「護符ってお守り、だよな？　お守りって、ホントに生まれた家畜を守ってくれるの？」

「無論、何もかもからというわけにはいかない。けれど、この護符が、家畜たちに降りかかる災いの幾ばくかを身代わりに引き受けてくれる」

「へえ！」

カレルは大きな目をクルクルさせて、兄弟子の見事な手際に見とれる。

「でも、お守りって、わざわざ家畜の形にしないと駄目なのか？」

まだアレッサンドロの養子になって日が浅かったカレルにとって、魔法使いの仕事は不思議なこと、わからないことだらけだった。無邪気に問いを重ねるカレルに、ロテールは淡々と答え続ける。

「本当は、何でも構わない」

「えっ？」

「木ぎれでも、石ころでも。師匠が『鶏』だと言えば、それは鶏になる」

「わかんない。どういうこと？」

「力ある人の言葉には、魂が宿る。木ぎれを『身代わりの家畜』にするのは、師匠のお力だ。わざわざ護符を動物の形にするのは、そのほうが村の人たちにとって、わかりやすいからに過ぎない」

「そう……なんだ？」

　言霊の意味など知らないカレルは、兄弟子の説明が理解しきれず、盛んに首を傾げる。しかしそれ以上親切な解説を加えてやる気はないらしく、ロテールはそれきり口を噤み、黙々と手を動かし続けた。床の上には細かい木屑《きくず》が散り、さっきまでは「鶏のような形の木ぎれ」だったものが、徐々にリアルな鶏に変化していく。

「…………」

　まだ質問してみたい気分だったのだが、兄弟子に態度でそれ以上の会話を拒否されたカレルは、ぼんやりとアレッサンドロのほうを見た。言葉一つで木ぎれに魂を宿らせることができると聞かされても、まだ半信半疑だったのである。

　たまたま書き物が一段落したのか、アレッサンドロも弟子たちのほうを見ていた。おかげで、老人の濁り始めた双眸が、カレルの視線をまともに受け止めてしまう。

「うあ……、あ、あ、あの」

　アレッサンドロは気難しく、無駄なお喋りをよしとしない。てっきりいつものように語気荒く叱りつけられると思い、カレルは思わず首を縮こめた。だが、比較的上機嫌だったアレッサンドロは、嗄れた声でこう言った。

「護符だけではないぞ。土くれに命を与え、使役とすることもできる」

「ほんとにっ⁉　あ、ほんと……です、か？」

敬語を使うことを忘れるほど驚くカレルに、アレッサンドロはニヤリと笑って頷く。長くて白い顎髭を扱く勿体ぶった手つきが、いかにも得意げだ。

「土くれってことは、泥人形みたいなのが、生きて、動くようになる……？」

「そうだ。しかも、わしの言うことを忠実に聞く存在として生まれるのだ。殺すのもまた、わしの言葉一つだ」

「うわあ……！　凄い。それ、僕にもできるようになりますか？」

ワクワクを隠さずに問いかけるカレルに、アレッサンドロは目に掛かるほど長くて真っ白な眉を、右側だけ上げた。

「どうであろうな。お前はどうにも不肖の弟子じゃからの」

「ふしょうの、弟子？　ふしょう……？」

「愚かで出来が悪いことだ」

鶏を彫り上げたロテールは、それを床に置き、木屑を拾い集めながらボソリと言った。

そして、木屑を暖炉に投げ込むと立ち上がる。

「……むー」

悔しいが、出来のいいロテールと違い、朝から晩までアレッサンドロに叱られてばかりの自分が「不肖の弟子」であることは疑いようがない。カレルは丸い頬を膨らませ、恨めしげに兄弟子を見上げた。ロテールは、感情の読めない黒い瞳でカレルを見返し、無表情に頷いた。

「だが、進歩が遅くとも、腐らず努力すればいつか出来るようになるやもしれない」

「ほんと!?」

「そのためには小さなことからきちんと学んでいかねばな。わかったら、その馬のようなものを早く彫ってしまいなさい」

「わかったっ」

微妙に貶《けな》されたことには気づきもせず、そして魔法使いになるというのはどういうことかを本当の意味で知りもせず、幼いカレルは再び熱心に、彫刻に励み始めた……。

「そうだよ。師匠は、土くれから使役を創る方法があるって言ってた！　これ、きっとその方法なんだ。……そうだよな。精霊を捕まえて無理矢理使役にするのは可哀想《かわいそう》だけど、最初っから使役にするつもりで創るんなら別にいいよな。うん、そのほうがいい」

かつてアレッサンドロが話してくれたことを思い出し、カレルは確信に満ちた表情で頷いた。どうやら、「土くれから使役を生み出す」方法を試してみることに決めたらしい。

「でも、俺に出来るかな。……いやでも俺、もう魔法使いなんだから！　やってやれないことはない……はず。あと、問題は材料と手順だよな」

自分で自分を励ましながら、カレルはアレッサンドロの手記を読み進めた。

「土は、森の土を麻袋に一杯。それから、ハーブ色々……花色々……。んー。さすがに材料はしこたま要るみたいだな。でも手順は、とにかく大鍋で煮りゃいいっぽい……？」

調合には慣れっこなおかげで、材料に関してはかなり自信を持って読み解くことができる。カレルは満足げに頷き、ひとまずノートを閉じて立ち上がった。

「そうと決まったら、明日からちょっとずつ、材料を揃えよう。ここは慎重にいかないと、わけわかんないもん創っちまったら、シャレにならないから。……よーし。今夜はもう寝よう。明日も朝早いしな！」

自分の思いつきと発見にすこぶる満足した顔つきで、カレルは逸《はや》る気持ちを落ち着けるようにそう言い、暖炉の火を落とすと自分の部屋に引き上げたのだった。


翌朝から、カレルは忙しい仕事の合間に少しずつ、帳面に書かれた「土くれから使役を創り出すための材料」を揃え始めた。

幸い、帳面に書かれている材料は、さほど珍妙なものではなかった。ハーブは乾燥させて貯蔵してあるもので事足りそうだし、花も春先に咲くものばかりだ。いちばん骨が折れたのは、「森の土」を麻袋一杯取ってくることだったが、それも、毎日山を下り、村を囲むように広がる森へ行っては少しずつ土を取ってきて、どうにか麻袋をいっぱいにした。

苦労はしても、自力で使役を創り出すという大きな目標に向かって、カレルはこの家に来ていちばん生き生きした様子で準備を進めた。

そして、三週間後の深夜、カレルはついに、計画を実行に移すことにした。

別に昼間にやっても構わないのだろうが、この手のことは暗くなってからのほうが雰囲気が出る気がしたのだ。

まずは、アレッサンドロが長年愛用してきた黒光りする鉄の大鍋を暖炉の火に掛け、そこにたっぷりと清水を注ぐ。湯が沸くと、カレルは帳面に書かれている膨大な材料を、一つずつ確認しながら投入した。

「ローズマリーだろ、マジョラムだろ、それからアンジェリカ、アルニカ、月見草、イラクサ、オオバコ、ホワイトウィロー、……ええと、リュウゼツラン？　ああ、これか」

ほとんどの材料は自力で揃えたが、生えているのを見たことがないような珍しい植物の名も、帳面には書き付けられていた。幸い、それらはアレッサンドロの戸棚を漁《あさ》って見つけ出すことができたが、今、カレルが手にしている「リュウゼツラン」の葉を乾燥させたものは、平たくてぶ厚く、縁に鋭い棘《とげ》がズラリと並んでいて、何とも恐ろしげだ。

「マジで竜の舌みたいだな。つっても見たことはねえけど。これ、きっとテュスが持って来たんだな。次に来たら、どんな植物なのか聞いてみよう」

出入りの行商人の名を口にしながら、カレルは幾分気味悪そうに大きな葉を鍋に放り込む。

「あとは……オークの実、はちみつ、コンフリーの根、タイガーリリーの球根……」

次から次へと素材を鍋に放り込み、勢いよく煮立てる。たちまち、とんでもない悪臭が工房内に充満した。思わず鼻と口に布を巻き付けて臭気を和らげつつ、カレルは大鍋を長い木べらでよく混ぜ、次の作業に取りかかった。

アレッサンドロのいささかお粗末な絵に従い、苦労して集めてきた森の土を工房の中央にぶちまけ、綺麗《きれい》な山型にまとめていく。

「たぶん、こういうことでいいんだよな」

山肌を両手でペタペタと固めているうちに、カレルの服は泥だらけになってしまう。立ち上がって服を払うと、カレルは土で作った山のぐるりを一周して、満足げに頷いた。

大鍋をチェックすると、勢いよく沸騰させ続けたせいで、素材から色々な成分が煮出され、濃縮したのだろう。大きな柄杓《ひしゃく》で組み上げた液体は、黒っぽくどろりとしていた。

「こんなもんかな。……ええと、師匠の字、このあたり雑くてよくわかんないけど……とにかく、ここに書いてある呪文を唱えながら、死ぬ程臭い汁を土の山に掛けていけばいい……の、かな」

疑問形で言ってみても、答えてくれる者は誰もいない。

ここまで来たら、やってみるしかあるまい。たとえやり方を間違えて何も生まれなくても……あるいは、出来損ないの土人形が出来てしまっても、ちゃんと面倒を見る覚悟だけはして、カレルは一つ深呼吸をした。

「よーし、やるぞ……！」

両の拳《こぶし》を握りしめて自分に気合いを入れると、肩から力を抜き、あらかじめ諳《そら》んじておいた呪文を頭の中で一度唱えてみた。呪文はこれまた古語で書かれているので、発音もイントネーションも、普段喋る言葉とまったく違う。だが、誤って唱えれば、誤った言霊が宿った呪文が、邪悪なものを引き寄せてしまう可能性がある。魔法使いには、呪文の間違いは決して許されないのだ。

声に出さずに呪文をひととおりおさらいしてから、カレルは意を決して口を開いた。

『ふるきもり　つちよりうまれしもの　きよきみずと　つちのめぐみを……』

もともと声変わりがあまり激しくなかったせいで、どちらかといえば声が高く細いカレルである。たどたどしく唱える呪文はいかにも頼りなかったが、それでも頑張って声を張り上げながら、カレルは長い柄のついた柄杓を手にした。

大釜で煮詰められた黒い液体を汲み、森の土で作った円錐形《えんすいけい》の山のてっぺんに、そろそろと注ぎかける。

『……われらもまた　つちよりいでて　めぐりめぐりて　つながれしいのち……』

アレッサンドロの手記には、この液体をどのくらい振りかければいいのか、ハッキリ書かれていない。とりあえず呪文が終わるまで掛け続けることにしようと、カレルは細心の注意を払って儀式を続けた。

『……わがこえにこたえ　あらわれたまえ』

そして、呪文を唱え終わったカレルは、ほうっと息を吐いた。大鍋にはまだ液体がだいぶ残っているが、土の山のほうはかなり崩れてしまっている。

（ど、どうしよう。とりあえず呪文はちゃんと言えたと思うけど、何も起こらないし、止めどきはわかんないし、いつまで待ったら成功とか失敗とかわかるんだよ、これ）

煮汁の悪臭が強まっていく以外、何の変化も生じないことに、カレルの不安は募り始める。心臓がバクバクして、嫌な汗が手のひらに滲んだ。

それでも息を詰めてカレルは待ち続けたが、アレッサンドロの絵から想像し、期待していた、「土の山に、植物の汁を煮詰めた液体を掛け、呪文を唱えることで、土がみるみる人間の形に変化し、そこに命が宿って使役になる」という一連の変化が起こる兆しはない。

「ど……どう、しよう……。俺、大失敗した……？」

カレルの顔から血の気が引いた。

寂しさに耐えかねて突っ走ってしまったが、あるいはやはり、自分にはまだまだ荷の重い、高等すぎる魔法だったのだろうか。

もし失敗したとして、この後、どうなるのだろう。

何ごともなく、ただ落胆してこの土くれや臭い汁を片付ければそれで済むのか、あるいは何か恐ろしいことが起こってしまうのか……。

「どうしよう」

カレルは真っ青な顔で、不細工に崩れた土の山に一歩近づいた。もしや、土くれの中に人形が生まれているのではないか、せめて土を掻《か》き分けて調べてみようと思ったのだ。

だが、そのとき……。

「わああッ！」

カレルは悲鳴を上げ、その場に尻餅《しりもち》をついた。

突然、土くれのあちこちから、真っ白の煙が立ち上ったのである。それはみるみるうちに工房じゅうに広がり、カレルから視界を奪っていく。

「ちょ……え、な、何、ばく……はっ……っ!?」

黒い汁の材料となった素材に、爆薬になるようなものは何もない。それはわかっていても、謎の煙に全身を包まれたカレルは、たちまちパニックに陥った。早く立ち上がって工房から逃げ出すべきだと理性ではわかっているのに、驚きすぎて腰が抜けたのか、手足をばたつかせるだけでまったく身を起こすことができない。

「あ……あ、あ……ゲホッ、ゴホ……」

狼狽えすぎてろくに声も出ず、吸い込んだ煙の刺すような刺激に喉をやられて激しく咳込み、呼吸すら苦しくなる。

(俺……死ぬのかな……)

これといって生きていたい理由もない。積極的に死にたいわけではないが、それでも自分の過ちで死ぬなら、仕方ないという諦めも頭に過ぎる。とはいえ、万が一、自分が恐ろしいものを生み出してしまった場合、それが村の人々に危害を加えるようなことがあったら……と、そんな恐怖でカレルの背筋は凍り付いた。

（どうしよう。村のみんなにも、ロテールにも迷惑かけちまう。何とかしなきゃ）

　そんな責任感が動揺を抑え、カレルはようやくほんの少し落ち着きを取りもどした。それに呼応するように、あれほどもうもうと立ちこめていた真っ白な煙が、徐々に薄らぎ始める。

「お……さ、まった……？　ギャッ！」

　どうにか床に片膝をついて身を起こしたカレルは、土くれがどうなっているかと必死で目を凝らし……そして、再び派手な驚きの声を上げ、ひっくり返った。

　崩れたとはいえ、まだまだ大きかったはずの土山は、いったい何が起こったものか、綺麗さっぱり消え去っていた。その代わり、そこには全裸の男が座り込んでいたのだ。

「え……え、え、えええっ!?」

　カレルの驚愕《きょうがく》の声に、両手を床に突き、頭を深く垂れていた男は、ごくゆっくりと顔を上げた。

　歳の頃は、三十五、六だろうか。ずいぶん大柄で骨太だがどちらかといえば痩せ形で、お世辞にも屈強とは言えない。

　ほっそりした顔は、屋根裏の蜘蛛《くも》の巣並にもつれた長い灰色の髪に半ば隠されていたが、その間から覗く双眸は薄い茶色で、瞼《まぶた》は酷く腫《は》れぼったかった。肌は、一度も日に当たったことがないかのように、恐ろしく白い。

「…………」

男は子供のように両手でごしごしと目を擦り、それから両腕を思いきり上げて、盛大にあくびをした。そして、限りなく眠そうな顔でカレルを見た。

「な……んだよ、お前。どっから湧《わ》いた！　でもって、ここにあったはずの土、どこ行ったんだよっ」

カレルは唖然《あぜん》としつつ、震える指で、男と床を交互に指さしてみせる。すると男は、カレルの指の動きをゆっくりと目で追い、そして片手でもっさりと髪を掻き上げた。意外なほど端整な、しかし気怠《けだる》げな顔が露わになる。

「つち……は、もりに」

掠れた微かな声で、しかも聞いているほうが思わず前のめりになるほどゆっくりした調子で、男は言った。カレルは目を剝く。

「森に!?　うっ……でも、実際なくなってるしな……。と、とにかく！　じゃあお前は何でここにいるんだよッ！」

驚愕の余り、軽いヒステリーを起こして怒鳴るカレルを、男は訝しげに見た。そしてやっぱり、大あくびをしながら不明瞭に答える。

「それは……のぞまれた……から」

「のぞまれた……望まれた、から？　それって、俺に？」

男は、ゆるゆると瞬きすることで、カレルの問いを肯定する。カレルはハッとした。

師匠の昔話やお粗末な絵から、てっきり土くれが人形のようにまとまって、それがそのまま使役として命を宿すのだとばかり思っていたが、あるいは……。

（もしかして師匠の魔法って凄くて、土くれからこんなに人間っぽい姿の使役を生み出しちまう方法だったんだろうか。そんで俺、たぶんまぐれで、上手くやれた……？）

そう思えば……目の前にいるのが魔法によって生まれたばかりの使役ならば、妙にぼんやりしているのも、素っ裸なのも納得できる。

「う……わあ！　俺、やったんだ！　凄い！　凄いや、どっから見ても人間に見える！」

さっきまでの恐怖や不安はどこへやら、カレルは輝くような笑顔で飛び起きた。立ち上がって、男の周囲を回ってみる。

どうやら、どの角度から見ても、人間に見えるようだ。アレッサンドロの秘法は、実に優秀だったらしい。

「に……ん、げ、ん？」

男はやはり無表情に、ローブを引きずって歩き回るカレルを見ていた。薄茶色の瞳は重そうな上瞼に半分以上隠され、薄い唇はごくわずかしか開かれない。

「どうせなら、すっごく役に立ちそうなガッチリした男とか、ビックリするくらいきれいな女の人とかがよかった気がするけど……でもまあ、土人形より全然いいや」

満足げにそう独りごち、カレルは男の前にどっかと座り直した。とても、ついさっきまで腰を抜かしてアワアワ言っていた人物とは思えない、得意げな表情をしている。

「それに、何とか言葉が通じるっぽいのも助かるよな。でないと、どうやって言うこと聞かせりゃいいのかわかんないし」

「…………？」

何だかわからないという様子で、男は小首を傾げ、ただじっとカレルを見つめている。そんな男に、カレルは胸を張って堂々と宣言した。

「いいか、お前のことは、俺が土くれから創って、命を与えてやったんだからな！　お前は、俺の使役として、もりもり働くんだぞ！」

「……し、えき？」

まるで食べ慣れない食物を口にしたような顔で、男は使役という言葉を口にする。カレルは、勢い込んで頷いた。

「そ！　使役。つまり、お前は俺の命令を聞いて、ここで俺の手伝いをして働くんだ。いいな?」

「……はあ……」

わかっているのだかいないのだか判断のつかない呆《ほう》けた面持ちで、男は曖昧に頷く。カレルはじれったそうに膝を打った。

「ああもう！　ちゃんとわかってんのかよ。っていうか……何だかこう……あんまり頼りにならなさそうな、ボーッとしたおっさんだよな、お前。大丈夫か。やっぱり俺、どっかしくじったのかな」

「…………」

盛んに首を捻るカレルをよそに、男はもぞもぞと動き、胡座《あぐら》を掻いた。動作の一つ一つが、いちいち鈍い。

「お前のこと言ってんだぞ、ったく……って……」

呆れ顔で男をしげしげと見たカレルは、さっと顔を赤らめた。

胡座を掻いたせいで、男の局部がカレルの真正面に丸見えになっていたのである。

この家に来てからというもの、カレルが見たことがあるのは、年老いたアレッサンドロの枯れ木のような裸だけだった。師匠の風呂の世話をするときは必ず背中を流すよう命じられたが、別に何とも思わなかった。

だが、老人の衰えきった身体を見慣れていたカレルの目に、目の前の男の裸身は、やたら引き締まって見え……そして、下半身で髪と同じ色の淡い茂みに息づくそれは、カレルのものよりずっと立派な、成熟した男の器官だった。

久しぶりに目の当たりにした「大人の身体」が刺激的すぎて、カレルはすっかり目のやり場に困ってしまう。

「う……そ、そんなに大事な場所を堂々と出してんじゃねえよ！　何ですっぽんぽんで恥ずかしくないんだよ、お前はっ」

「……す……っ、ぽんぽん？　ぽんぽん……？」

「そんな言葉に引っかからなくていい！　つか、そうか。人間みたいだけど人間じゃないから、恥ずかしいとかそういうの、ないのか。はああ……参るな、もう」

不安がったり、大喜びしたり、今は前途多難な予感にガックリ肩を落としたり、カレルの表情はさっきからめまぐるしく変化し続けている。男は眠そうな顔のまま、何か面白い見世物でも眺めるように、カレルの顔をうっそりと覗き込んだ。男が動くと、彼の身体からは青草に似た匂いがする。

「とっ、とにかく何か着ろ！　ああいや、服は俺が出さなきゃいけないんだよな。うう、ちょっとそこで大人しく待ってろ！」

どうにもいたたまれなくて、カレルは工房を飛び出した。自分の部屋に駆け込み、クローゼットを引っ繰り返す。

「あ……でもあいつ、やたら身体がでっかいから、俺の服なんか入るわけないや。ええと、どう……あっ、そうだ！」

カレルはふと思いつき、部屋の片隅にずっと置きっぱなしになっていた大きなブランケットケースを開けた。そこには、ロテールがここを去るときに置いていった彼の服がしまいっぱなしになっている。

「ロテールも背が高いから、きっと大丈夫だよな。うーん、夜だから、とりあえずこれでいいや」

カレルは下着と寝間着を引っ張り出すと、ローブを勢いよく翻しながら工房に引き返した。男はカレルが出て行ったときとまったく同じように、ぼんやりした顔で工房の中を見回していた。

「ほらっ、着ろよ」

息を乱しながら戻ってきたカレルが服を差し出しても、男はやはりポカンとしている。

「？」

「服！　ほら、俺がこうして着てるだろ？　人間は、風呂に入るとき以外はこうして服を着るんだよ。一応お前、人間の姿なんだからさ。そんな素っ裸でウロウロしてたら、とんだ変態だと思われちまう」

「……ふく……」

「そ。ほら、着方を教えてやるから立て。ほら、早く」

わりにせっかちなカレルは、モタモタした男の動きがじれったくて、彼の手首を摑んで引っ張った。男の肌は人間のそれとまったく同じに滑らかだったが、やけにひんやりとしていた。

（……これが、使役の身体なんだ。人間とホント変わらないな）

内心、アレッサンドロの魔法の偉大さに舌を巻きながら、カレルは男に下着を着けさせ、寝間着を着せつけた。立ってみると男はカレルより頭一つほども長身で、カレルは寝間着を男の頭からズボリと着せるため、男に頭を下げさせ、自分もうんと背伸びしなくてはならなかった。

白い木綿のずぼっとした寝間着は、男のくるぶしまでスッポリと覆っている。どうにか人間らしい風体になった男に、カレルは安堵の息を吐いた。

「とりあえずはこれでよし。ロテールと背格好が似てるみたいだから、朝になったらロテールが置いてった服の中から、よさそうな奴を選んでやるよ」

「ろてーる……？」

「ロテールは俺の兄弟子。でももうここにはいないんだ。それはともかくさ」

カレルは男の顔を見上げ、うーんと首を捻った。

「使役には名前がいるよな。しまった、全然考えてなかったや」

「なまえ……」

「そ。何かいい名前を……っていうか、使役ってどんな名前をつけりゃいいんだ？　ああくそ、こないだロテールに訊《き》いときゃよかった」

「……スヴェイン」

盛んに悩むカレルに、男はボソリと言った。カレルはキョトンとして男の顔を見る。男は、相変わらずの眠そうな顔で、もう一度繰り返した。

「スヴェイン」

「スヴェイン……って、お前の名前？」

男の細い顎が、ゆっくりと上下する。カレルは困惑してしまい、眉根を寄せて口をへの字に曲げた。

「待てよ。使役って、自分で名乗るもん？　普通、ご主人様がつけるもんじゃないのかよ。いやまあ、他に候補もないからいいけど。よし、お前の名前はスヴェインだ」

そう言ってから、カレルはなけなしの威厳を示すべく、そっくり返って腕組みした。童顔なので、そんなことをしても男……スヴェインより立派にはまったく見えないのだが、当人はお構いなしである。

「そんで、俺はカレル！　あっ、だけどお前は俺の使役なんだから、俺のことはちゃんとマスターって呼べよ」

「ますたー」

「そう。ご主人様って意味。覚えたか？」

「………マスター……」

もう一度、固い食べ物を噛み砕くような慎重な口調でもう一度言って、スヴェインはトロンとした眼差しをカレルに向けた。見ているほうが眠気を誘われる、だらりとした立ち姿である。このまま放っておけば、床にくずおれて眠り込んでしまうに違いない。

どうにか話が一段落すると、カレルにもどっと疲れが押し寄せてきた。とにもかくにも、使役を創り出す魔法が成功した安心感で、カレルの瞼も急激に重くなってくる。

「とにかく、今夜はもう寝よう。明日、もっと色々ちゃんとするから。な？」

カレルの言葉がすべて頭に入っているようには思えないが、それでも同意を求められたことは理解したのだろう。スヴェインは突っ立ったまま、もそりと頷く。

「えっと……えと、人の姿なんだし、一応ベッドで寝るよな、お前。よし、こっちへ来いよ」

まさか、こんな姿の使役が出来てしまうとは予想だにしていなかったカレルは、まだかなり混乱した頭のまま、とにかくスヴェインに今夜の寝床を与えることにした。だが、工房の扉の前に立って呼んでも、スヴェインはぼんやりしているばかりで動こうとしない。

「来いってば！」

カレルは再びスヴェインの手首を摑むと、ぐいぐいと引っ張って自分の部屋へと連れていった。今にも転びそうなおぼつかない足取りで、スヴェインはぺたぺたと裸足のまま歩く。

ベッドと小さなクローゼット、それにブランケットケースしかない狭い自室にスヴェインを連れ込み、カレルはベッドを指さした。

「ここ、これまで俺の部屋だったけど、お前に譲ってやる。俺はご主人様だから、師匠が寝てたベッドで寝るぞ」

「…………」

「ほら、さっきお前が生まれた場所！　工房だよ。俺は今日からあそこで寝ることにするから。なあ、おい。聞いてんのかよ？」

肩に耳がつくほど深く首を傾げているスヴェインの姿に、カレルは不安と苛立《いらだ》ちが相半ばした尖った声を上げた。するとスヴェインは、カレルを見て力なく首を横に振った。カレルは、一本気らしい真っ直ぐな眉を吊《つ》り上げる。

「何だよ、ぼろいベッドだから嫌だってのか？　俺はここに来てからずーっと、ここで寝てたんだぞ。ご主人様に寝られて、お前に無理ってことは……」

「………」

トゲトゲしたカレルの声をどこか悲しげに聞いていたスヴェインは、もう一度かぶりを振ったと思うと、そのままゆっくりとカレルのベッドに横たわった。その瞬間、カレルは彼の意図を理解せざるを得なくなる。

カレルにぴったりな小振りのベッドでは長さが足りず、スヴェインのふくらはぎから先がベッドの外にはみ出してしまうのだ。

「うっ……。くそ、参ったな。ロテールが使ってたベッド、部屋が狭くて邪魔だから、分解して焚《た》きつけに使っちまったんだよなあ」

それなら、とりあえず今夜は床で……と言おうとしたカレルをよそに、ベッドから下りたスヴェインは、スタスタと部屋を出て行く。

「あ、おい、どこ行くんだよ！」

カレルが慌てて後を追うと、スヴェインは工房に引き返し、おもむろにアレッサンドロのベッドに仰向けに寝転んだ。オークの木で出来た立派なベッドだけに、長身のスヴェインが横たわってもまだ余裕がある。

「……ここが……いい」

カレルは再び、不満を露わに唇をひん曲げる。

「ここがいい、じゃねえっつの！　ここは俺が寝るとこ！　ご主人様のベッド！」

「…………」

だがスヴェインは、「ご主人様」の怒りなどお構いなしで、手足をいっぱいに伸ばし、やけに満足げな溜め息をついた。そのまま寝入ってしまいそうな「使役」のくつろぎきった態度に、カレルは癇癪《かんしゃく》を起こして怒鳴り散らす。

「いくら大きさが合うからって、お前がこっちで寝て、俺が弟子の部屋ってのは変だろ！　どけよ！　俺がここで寝るんだってば！」

そんなカレルの様子を面白そうに見やったスヴェインは、不意に手を伸ばし、カレルの二の腕を掴んで引っ張った。突然バランスを崩されて、カレルは呆気《あっけ》なく顔面からベッドに突っ込んでしまう。

「なっ……わぷっ、な、な、何すんだお前っ」

早くも反逆されたのかと身構えたカレルを、スヴェインは無造作に抱き寄せる。カレルは本能的な恐怖に身をもがいた。

「離せ！　お前は使役、俺はご主人様だぞ！　命令するのは俺、お前は俺の言うとおりにするのが決まり……っ」

「だいじょうぶ」

間延びした調子でそう言いながら、スヴェインは易々とカレルの抵抗を封じ込め、驚くほど強い力で自分の腕に抱え込んでしまう。

「何が大丈夫なんだよ。な……何なんだよ、お前。こんなの、聞いてないよ！　意味がわかんねえ」

強がってみせるカレルの声は、内心の怯えをそのまま表し、情けなく震えていた。このままスヴェインに絞め殺されてしまうのではないかという恐怖で、小さな身体にはガチガチに力が入っている。

そんなカレルをむしろ不思議そうに見つめたスヴェインは、大きな手でカレルの強張った背中を撫で、もう一度低く掠《かす》れた声で言った。

「……だいじょうぶ」

「だ、だから何がっ！」

スヴェインは三度目の、今度は小さなあくびをした。そのまま、とても幸せそうな顔で目を閉じてしまう。だがその両腕は、しっかりとカレルを抱いたままだ。

「ふたり……ねむれる」

実に簡潔に明らかな事実を告げて、スヴェインの胸に半ば乗り上げる状態で身動きが出来なくなったカレルは、目を白黒させた。

「な……何で俺が、使役と同じベッドで寝なきゃいけないんだよ。おい、話聞けって。起きろ。ここは俺の……っ」

ご主人様としては至極真っ当な不平を言い終える前に、不心得者の使役は安らかな寝息を立て始める。カレルは愕然とした。

「ホントにこんな話、俺は聞いてない……！」

せっかく苦労して使役の創造に成功したと思ったのに、その使役は薄らぼんやりな上、自分の指示を無視して動く。しかも、体格も力も自分より遥かに上だ。いったいどうやって、この厄介な男を制御し、調教すればいいのかわからない。

「使役なんて、無条件でご主人様の言うこと聞くもんだと思ってたのに」

スヴェインの胸に頬を押しつけられたまま、カレルは半泣きの声でぼやいた。しかし、当の使役がこの体勢で眠り込んでしまった上、カレルを抱え込む腕の力は少しも緩まないところをみると、カレルがこの状況から脱出する術《すべ》はなさそうだ。

「うう……。信じられない」

嘆きながらも、カレルはもろもろ諦めて身体から力を抜いた。少なくとも今のところ、スヴェインが自分に危害を加えるつもりがないらしいのが、せめてもの救いだ。

「………」

寝間着越しに感じるスヴェインの身体は、本物の人間と少しも変わらなかった。ただ、やはり作り物の身体だからか、体温は感じられない。だが、死人のように冷たいかといえばそうではなかった。たとえるならば、昼に陽光をたっぷり浴びた地面に夜触れたような、そんな仄かな、優しい温もりを感じる身体だった。

（こんなこと……久しぶりだ）

考えてみれば、誰かと寄り添って一つ床で眠るのは、七年ぶりのことだ。この家に養子に来たとき、弟子用の部屋にはロテールのベッドしかなかった。それで最初の三日間だけ、カレルはロテールのベッドで眠らせてもらったのだ。

ロテールは何の感慨もなさそうにカレルをベッドに入れてくれたが、カレルのほうは、家族と離れた寂しさや心細さが、傍らのロテールの温もりでずいぶん和らげられたのを覚えている。

　今も、スヴェインにしっかりと抱かれているうちに、カレルの気持ちは徐々に落ち着いてきた。それと同時に、睡魔が急速に小さな身体を支配していく。

「何だかもう、どうでもいいや。……うん、今夜は全部、どうでもいい」

　たとえ使役でも、こうして傍らに命を感じていられる。アレッサンドロが死んでから、ずっと心を苛《さいな》んできた孤独が、今はない。それだけで、カレルには十分だった。

「明日からは……ビシビシ行くんだからな……」

　スヴェインに言っているのか、自分を戒めているのか、もはやよくわからない言葉を口の中でもぐもぐと呟きながら、カレルはそのまま深い眠りに落ちていった。

三章　冷たくて甘い手

ピピピピ……ピッ、ピチュッ。

軽やかな小鳥のさえずりが遠くから聞こえてきて、カレルはふと目を覚ました。

「うー……？」

上質で暖かな毛布。そして、ずいぶんと柔らかくて心地よいベッド。久しぶりに、ぐっすり眠った。疲れがすっかり取れて、身体の隅々まで生気が漲《みなぎ》っているように感じる。

（だけど……まだ暗い。もうちょっと眠れるな）

身体はスッキリと目覚めているが、この心地良さから抜け出すのが嫌で、カレルは再び目を閉じ、フカフカした枕に頭を沈めた。うとうととまどろみつつ、眠りの世界に意識が引き戻されていくに任せる。

……と。

（あれ……？）

カレルの心の深いところで、理性が違和感を訴えた。

何故こんなに心地よく、ぐっすり眠れているのだろう。ここはどう考えても、固くて狭い、いつもの寝床ではない。

（あ、そっか。俺、昨夜から師匠のベッドで寝ることにしたんだ。だって、ご主人様になったんだからな）

「…………ん？」

思考がそこまでたどり着いたところで、カレルの頭の中で何かの回路が音を立てて繫《つな》がった。

「あっ」

思わず、驚きの声を上げ、彼は跳ね起きた。寝起きの腫れぼったい目で、広い工房の中を忙しく見回す。

窓のない工房の内部は暗かったが、開け放した扉の先は、朝の光に満ちている。その明るさを見れば、いつもより寝坊してしまったことは確実だ。

「しまった。部屋が暗いから、まだ夜のつもりでいた。やばかったな。……っていうか、何だ、これ」

ふと自分を見れば、ローブを着込み、ブーツまで履いたままベッドの中にいる。どんなに眠くても、そんなフル装備で眠りに落ちたことは一度もない。

「待てよ？　俺、昨夜、何を……」

まだ上手く回らない頭をゴッゴッと叩《たた》きながら、カレルは昨夜の記憶を探った。

「そうだ。俺、ついに使役創造に踏み切ったんじゃん！　で、いざやってみたら、間違いはないはずなのに、妙にぼーっとした、でかいおっさんが出て来て……」

そこまで思い出したところで、ボッと顔が火を噴く。

「そんで……そんで、俺、あいつにここでぎゅーって！」

そう、昨夜、カレルの前に「生まれて」きた使役は、長い灰色の髪と薄茶色の目を持つ、無闇に長身の男だった。

みずからスヴェインと名乗り、幸いにも言葉は通じるようだったが、相手の反応は極めて鈍く、カレルが投げかけた言葉のほとんどはオウム返しされるばかりだった。しかも、使役のくせにアレッサンドロのベッドで寝ると言い張り、怒るカレルを抱きすくめたままさっさと寝入ってしまったのだ。

「スヴェイン……どこ行った？」

昨夜は決して離さないと言わんばかりの勢いでカレルを抱え込んでいたくせに、スヴェインの姿はベッドから消えていた。目を凝らしても、工房の中にいる気配はない。

「しまった！　あいつ、まさか逃げたんじゃないだろうな」

そんな恐ろしい可能性が頭を過ぎり、カレルの顔から音を立てて血の気が引いていく。

昨夜は、あまりにも驚きと困惑の連続過ぎて、つい色々なことを棚上げにして、半ばヤケクソの勢いで寝てしまった。

だが今になって考えてみれば、自分の命令さえきちんときかないあの厄介な使役が、この家に大人しく留《とど》まっている保証など、どこにもなかったのだ。

この辺りをブラブラしているだけならまだいいが、もしかすると、山を下りて村へ行ってしまったかもしれない。

そこで、民家に侵入したり、村人に危害を加えたりしていたら……。

「あんなにぼんやりしたおっさんだけど、力は滅茶苦茶強かったし、その気になったら、誰かを襲ったりするかもしれない」

昨夜、自分を抱え込んだスヴェインの腕力を思い出すと、カレルの背中に冷たい汗が流れた。

「まさか、そんなことないとは思うけど。誰かを……殺す、とか。うわああっ」

最悪の想像につき動かされ、カレルはベッドから飛び降りた。

「早く見つけなきゃ！　見つけて、何としても取り押さえて、言うこと聞かせて……あああでも、あいつ、今ひとつ人の話を聞いてないっぽいし、どうしたら……ええい、まずは捜すことからだッ」

　もう手遅れかもしれないが、自分のしでかしたことには責任を取らなくてはならない。悲愴《ひそう》な覚悟で、カレルは全速力で駆け出す。

　しかしその足は、家から一歩出たところでつんのめるように止まった。捜していた「男」が、カレルの目の前……池の畔《ほとり》に立っていたからだ。

　昨夜と同じようにロテールの寝間着を着込んだスヴェインは、扉が開いた音に少し驚いた顔で振り返った。緩く波打つ灰色の髪は、昨夜のもつれようはどこへやら、まるで豊かな水の流れのように顔を縁取り、肩や腕や背中にふんわりと広がっている。

　そして、奇妙な仁王立ちで硬直するカレルを不思議そうに見ているスヴェインの顔つきは、昨夜とまったく違っていた。

　見ているほうが眠くなりそうだった半眼はぱっちり見開かれ、涼やかな目元はドキッとするほど蠱惑的《こわくてき》だった。通った鼻筋と引き締まった口元は、別人のように聡明《そうめい》そうに見える。

「え……？　お、お前、スヴェイン……？」

　信じられない思いで、どうにか呼びかけたカレルに、最初は顔だけを振り向けていたスヴェインは、体ごと向き直った。その手の上には、何も載っていないにもかかわらず、小鳥が何羽も止まり、賑やかにさえずっている。さっき、カレルを起こしたのは、その小鳥たちだったらしい。

「何だよ、いたのか。……くそ、目が覚めたらお前がいなかったから、どっか逃げたかと思って滅茶苦茶焦ったじゃないかよ！」

あまりにも想像とかけ離れた目の前の牧歌的な光景に、カレルは脱力してしゃがみ込んでしまう。

「……よい一日を」

そんな言葉で小鳥たちを空へ送り出すと、スヴェインはどこか優雅な足取りで寝間着の裾を翻し、カレルに歩み寄った。

「………？」

そのままカレルの前に腰を落とし、首を斜めに傾けて、少年の顔を覗き込む。

「大丈夫ですか？」

「……うぅう。大丈夫ですか、じゃねえよ」

やけに無邪気な口調で問われ、カレルは大脱力してぼやいた。

「使役のくせに、チョロチョロすんな！　ああいや、家の前くらいならいいけど、勝手にどっか行くんじゃねえ」

「どうして？」

からかわれているのかとカレルは眉を逆立てたが、スヴェインの瞳はまるで赤子のように澄んでいる。言葉にも、意地悪な調子など欠片もない。

（そうだよな。見てくれがおっさんだからつい怒っちまうけど、こいつ、これでまだ生まれたてなんだもんな。色々わかんなくて当然なんだ。俺が癇癪起こしてどうするよ）

彼に対して理不尽に腹を立てた自分を恥じ、カレルは深い溜め息をついて立ち上がった。

「だから！　もっぺん確認しとくけど、俺はご主人様、お前は使役なんだからな。それはわかってるよな？」

スヴェインもゆっくりと立ち上がり、ニッコリ微笑んだ。やけに温かな、見る者の気持ちを否応なく和らげてしまうような笑顔だ。

「はい。そのように昨夜、お約束した気がします」

声も穏やかで、昨夜の「打てば悠久の時を経てから響く」ような鈍い感じはどこにもない。カレルは、戸惑いながらも念を押した。

「気がします、じゃなくてそうなんだってば。お前は昨夜、俺が魔法で生み出したの！　つかお前、昨夜と何か全然違うけど……大丈夫かよ？」

今度は、カレルがスヴェインの顔を覗き込む番である。だが、かなりの身長差があるせいで、ご主人様であるにもかかわらず、あからさまに見上げる体勢になってしまう。

スヴェインはやはりもの柔らかな笑顔のまま、カレルの顔を見返した。言動が穏やかなので、見下ろされても威圧感がないのがせめてもの救いである。

「ようやく目が覚めたもので。……それともマスターは、昨夜の寝ぼけたわたしがお望みでしたか？」

「あ、いや、そんなことない！　あんなボケボケじゃ使い物になんないから、今のほうがマシっぽいけど。でも、お前は使役なんだから、使役らしくしろよ」

「使役は、どこかへ行ってはいけないのですか？」

「駄目に決まってんだろ！　お……俺も、使役なんか持ったことないからアレだけど、普通に考えれば、使役ってのはいつもご主人様の傍《そば》に控えてるもんなんだよ、たぶん！」

「ご主人様の傍に常に控えて、何をするのです？」

「うっ」

スヴェインの質問は限りなくストレートで、カレルは言葉に詰まりつつも必死で言い返した。

「そ、そりゃ、ご主人様の言いつけることを何でもやるんだよっ……た、たぶん」

「ふむ」

しばらく考えていたスヴェインは、納得した様子で頷き、いきなりカレルの頬を両手で包み込んだ。

「ふ……ふ、ふわ……っ」

家族と別れてアレッサンドロの養子になって以来、折檻される以外の目的で誰かに触れられたことのなかったカレルは、咎めることすら忘れ、全身を硬直させる。スヴェインの大きな手は仄かな温もりを帯びていて、とても滑らかだった。

「わかりました。では、常にあなたのお傍に、マスター」

「う……う、あ、う」

突然、ろくに喋れなくなった上、カタカタと細かく震え始めたカレルに気づき、スヴェインは訝しげに手を離した。

「マスター?」

「う……うううううう」

カレルは一歩後ずさり、真っ赤な顔で嚙みつくように言い放った。

「か、か、勝手に俺に触るのは禁止ッ！　いいな！」

「……はあ」

戸惑い顔のスヴェインは、自分の手のひらをしげしげと見下ろした後で、カレルに視線を戻した。

「ではマスター、あなたのために、わたしは何をしましょうか」

「う……だ、だから。ええと。えっと……そ、そうだ。まずは挨拶！」

「あいさつ？」

「そう、挨拶！　朝イチは、必ずおはようって挨拶すんだよ」

「……お　は　よ　う　？　何が早いのです？」

スヴェインはカレルから視線を逸《そ》らさず、ゆっくりと唇を動かして、昨夜のようにカレルの言葉をオウム返しにする。昨夜より遥かにしっかりした口調ではあるが、どうやら「おはよう」は彼の頭に入っていない言葉だったらしい。

「おはようってのは、単なる朝の挨拶。意味なんかどうでもいいんだよ。言い合うことに意味があるんだ。いや、それよか、俺はおはようでいいけど、お前は使役なんだから、俺に対しては『おはようございます』だろ！」

「おはよう……ございます？」

今度は少し流暢《りゅうちょう》にそう言い、これで合っているかと言いたげに、スヴェインはカレルを見つめた。朝から調子狂うよな……とぼやきつつも、カレルは頷く。

「よし、もっぺんやってみるぞ。おはよう」

「おはようございます、マスター」

「うん、それでいい。これから毎朝忘れんなよ。あと、昼間はこんにちは、夜はこんばんは、飯食う前はいただきます、食ったあとはごちそうさま、寝る前はおやすみなさい、な！」

「……申し訳ありませんが、その都度言ってください。忘れそうです」

「仕方がねえなあ」

いかにもしぶしぶそう言いながら、カレルの顔には自然と小さな笑みが浮かんでいた。

アレッサンドロにもロテールにも挨拶の習慣がなかったので、この家でカレルに挨拶をしてくれるのは、たまに言葉を交わす客くらいのものだった。こんな風に、一つ屋根の下で誰かと毎日挨拶を交わすことが、カレルのささやかな夢の一つだったのだ。

（何とも変なおっさんが出てきちゃったと思ったけど、やっぱ使役を創ることにしてよかったかも）

そんなカレルの笑顔に、スヴェインはおやと言うように形のいい眉を上げた。

「マスター」

「何だよ？」

「マスターは、挨拶が好きなのですね」

「あ？　す、好きっていうか、ちゃんと挨拶したら、気持ちがいいだろ？」

　面食らいながらも、カレルはまんざらでもない様子で言い返す。スヴェインは微笑して頷いた。

「なるほど。覚えておきます。……次は何を？」

「えっと……。そ、そうだ。とりあえず朝飯。お前、人間と同じ飯、食うのか？」

「おそらく」

「そ、そっか。じゃあ……料理……は、できないよな？」

「したことはありません」

「そりゃそうだ。昨夜生まれたばっかだもんな。……いいよ、ちょっとずつ色々教えてやるから。とりあえず、家に入って飯を……」

　カレルはクルリと踵《きびす》を返す。さっそくカレルの後に付き従うスヴェインが、戸口の辺りで再び口を開いた。

「ときにマスター」

「何だよ？」

「あなたの髪は、大変な乱れようですよ。小鳥が巣でも掛けたのかと思いました」

　いきなりくさされて、カレルは足を止め、クルリと振り返った。感情がストレートに表情に表れるカレルだけに、思いきりムスッとしている。

「だって、まだ顔洗ってねえもん。お前がどこ行ったか気になって、ベッドから直でここに来たんだし。それに、いいんだよそんなことは。魔法使いの頭がモジャってたって、誰も気にしないっての」

「わたしが気にします」

「なんでお前が！」

「だってこうすれば、きっと素敵になるのに」

そう言うなり、スヴェインは躊躇いなくカレルの髪に触れた。長い指でカレルの黒髪を梳《す》き、あっという間に綺麗に撫でつけてしまう。それこそ、そんなことを他人にされたことのないカレルは、再びアワアワと固まってしまった。

「だ……だ、だ、だ、だからっ！　触るの禁止って言ったろ！　ついさっき！」

「おや、そうでした。すみません、マスター」

澄ました顔で謝り、スヴェインは満足げにニッコリした。

「でも、髪は綺麗になったし、あなたはとても可愛くなりました」

「かわ……か、可愛い、とか……」

もはやまともに喋れないカレルの顔が、スヴェインの目の前で火を噴くほど赤らんでいく。スヴェインは身を屈《かが》め、心配そうにカレルの顔を覗き込んだ。

「マスター？　お顔が真っ赤です」

「も……もういいっ！」

カレルは大慌てで家の中に駆け込んだ。台所の壁にもたれ、ほうっと長い息を吐く。

誰かが同じ家の中にいてくれればいい。その一心で創り出した使役がスヴェインだ。一生懸命ご主人様として威厳ある態度を取ろうとしても、言葉を交わし、温もりに触れれば、昨夜のようにグズグズに心がとろけてしまう。

けれど、それを相手に知られては、生まれたばかりで分別をわきまえていないであろうスヴェインを、つけ上がらせてしまうかもしれない。力が強いことは既に重々知っているのだから、どうあっても彼を上手く制御し、ご主人様の、ひいては魔法使いの責任を果たさなければならない。

そんな思いをまとめる余裕もなく、スヴェインの大きな体が、カレルの後を追ってぬっと台所に入ってくる。

「うわあっ、あ、あっち行けよ！」

「……あなたが、常にお傍にいろと仰《おつしや》ったのですよ？」

「今はいい！　あっち行って、掃除でもしてろよ！」

「……そう、じ?」

「ああああ、掃除も知らないか……」

頭を抱えたい気持ちをぐっとこらえ、カレルは食堂兼居間のテーブルを指さした。

「もういい。とにかく、あっちへ行って座ってろ。すぐ朝飯にするから」

「わかりました」

存外素直に頷き、スヴェインはペタペタと台所を出て行く。そこで初めて、彼がずっと裸足だったことに気づき、カレルは力なく頭を振った。

「くそ、俺が飯を作ってあいつに食わせてちゃ、何だかあっちがご主人様みたいじゃねえか。……マジで料理も教えなきゃ。それに、やっぱりロテールの服は似合わなさそうだから、服と靴も買ってやらなきゃな。うう、飯食ったら、村に連れてくか」

使役を持てば、魔法使いの仕事が少しは楽になるかと期待していたが、むしろ現時点では、自分の仕事が倍になっただけのような気がするカレルである。

「いや、最初は何でも大変なんだ。きっと、そのうち……うう、でもあいつ、冴《さ》えててもちょっと変だし……いやいや、外見はああでも、生まれたてなんだ。生まれたて。赤ん坊と一緒だ。忘れんな、俺」

ブツブツと自分にそう言い聞かせ、カレルは大きなパンを取り出し、スライスし始めた。

パンにチーズを挟んだだけの簡単な朝食の後、カレルはスヴェインを連れて山を下りた。寝間着のままというわけにはいかないので、カレルはロテールのお下がりの服をスヴェインに着せたが、ロテール好みの真っ黒な服は、やはり柔らかな雰囲気を持つスヴェインには、まったく似合わなかった。

そこでカレルはまず、スヴェインを連れて、村でたった一軒の仕立て屋に入った。カレルが子供の頃から知っている仕立て屋は、彼の背後に控える見知らぬ長身の男に驚いた顔をしたが、カレルは敢《あ》えて、「異国から来た新しい弟子」だとスヴェインを紹介した。

本当は、自分が創り出した使役だと自慢したい気持ちがあるものの、そんなことを公言すれば、また自分を不気味に思われる理由を増やしてしまうだけだろう。そんな恐れが、カレルに嘘をつかせたのだ。

当のスヴェインは、弟子と紹介されて「おや」という顔をしたものの、異議を唱えようとはせず、さっき教わったばかりの挨拶、「おはようございます」をニコニコ顔で言っただけだった。

「今は仕事が暇だから、夕方までに仕立てておくよ。ああでも、また山を下りるのが難儀なら、明日来るかね？」

カレルの懐具合を知っている仕立て屋は、キョトンとしているスヴェインの全身を素早く採寸し、彼に似合う安価な生地を選び出してくれた。提示された料金が、覚悟していたよりだいぶ安かったことに胸を撫で下ろしたカレルは、まだ採寸時に指示された両腕両脚を軽く広げたポーズのまま頑張っているスヴェインを見て、噴き出しそうになるのをこらえながら言った。

「いや、ついでにこれから森に行って、薬草を摘むから。日暮れまでに寄るよ」

「そうかい。気をつけて行っておいで。薬は、あんたが頼りだからね。……スヴェインって言ったかい？　あんたも、これからごひいきにな」

「………？」

こういうときには何と「挨拶」すればいいのかと、スヴェインは戸惑い顔でカレルを見る。カレルはさりげなく、スヴェインにお手本を示すことにした。

「じゃあ、また後で」

「じゃあ……また後でございます」

すかさず迷いのない調子でそう言ったスヴェインに、カレルは噴き出し、仕立て屋は面食らって軽くのけぞった。

おそらくは、「おはよう」が「おはようございます」になるパターンを、「また後で」にも適用してみたのだろう。仕立て屋の反応に不思議そうなスヴェインの背中を片手で押し、カレルは笑いながら弁解した。

「ほら、こいつ、異国から来たから。こっちの言葉、ちょっとまだ」

「ああ、そうかね」

仕立て屋は腑《ふ》に落ちた様子で、すぐに生地の裁断に取りかかる。カレルはまだクスクス笑いながら、スヴェインを連れて外に出た。

「マスター、わたしは何か間違いましたか？」

不安げなスヴェインに、カレルは、油断するとすぐ後ろ側を引きずってしまうローブの裾を直しながら、陽気に言った。

「ちょっとな。ああいうときは、『また後で』のままでいいんだよ。でも、意味は通じたと思うぜ」

「そう……ですか。ならよかった。……そして、これから森に行くと？」

「うん。そろそろ、色んな薬草が生えそろう時期だからな。夏になると駄目になっちまう奴も多いから、今のうちに一年分、ガッツリ摘まなきゃなんだ」

「ああ……。だから、こんなものを」

ようやく合点がいった様子で、スヴェインは自分とカレルが背負っている大きな籐編みの籠を見やった。カレルは、村から森へ出るための門に向かって足早に歩きながら、説明を加えた。

「そうそう。お前にも頑張ってもらうんだからな」

「はい。……ところでさっき店を出るとき、仕立て屋？　さんが不思議な手つきを……」

「ああ、あれ。魔除けの印だよ」

「魔除け？　もしやわたしが使役だと気付いて……？」

「あー、違う違う。あれは俺に対して」

村人のそんな態度はもはや当然のものと感じているカレルは淡々と説明したが、スヴェインは驚きを露わにカレルの真横に来た。

「マスターも人の子ではないのですか？」

「子ってなんだよ。俺はもうオトナだっつの。……お前にはわかんないかもしれないけど、魔法使いって、みんなから必要とされてるわりに、何か浮いてる存在なんだよ」

「浮く？　人間でありながら、マスターは空を飛べるのですか？」

「じゃなくて！　こう、仲間はずれっていうか。あ、いや、勘違いするなよ。村の人たちは、みんな親切なんだ。でも、魔法使いって、まじないをしたり魔除けをしたり……法外な金をもらって、誰かを呪ったりする。あと、薬を作るのに、変な臭いのするもんをグツグツでっかい鍋で煮込んでたりするだろ？　この灰色とか黒のローブを着るのもお約束みたいなもんだし。だから……何ていうか、ちょっと不気味なんだ」

スヴェインの茶色い目が、さらに大きく見開かれる。

「あなたが？　あなたのような可愛らしい人間が、不気味？　まさか」

「あのな。朝から思ってたんだけど、ご主人様を可愛い可愛いって言うなよ」

「ですが、あなたが可愛くないなら、何が可愛いのかわたしにはわかりません」

妙に強い口調で、スヴェインは力説する。ゲンナリしたカレルは、朝から何度目かわからない溜め息混じりに言った。

「もういい。じゃあ、百歩譲って思うのはお前の勝手だけど、いちいち口に出すな」

「……はあ……」

幾分残念そうに、スヴェインはそれでも従順に頷く。今日は、昨夜よりスヴェインを上手くコントロールできている気がして、カレルは気を取り直し、目の前に広がる鬱蒼とした森を指さした。

「ほら、あそこで薬草を摘むんだ。師匠から教わった、薬草がたくさん採れる秘密の場所に連れてってやる。お前も場所を覚えろよ？」

「わかりました。……それにしても、靴というのは、何とも窮屈なものですね。今朝、最初に履いたブーツよりはマシですが」

　さっき仕立て屋で仕入れたばかりの革ブーツを見下ろし、スヴェインは少し歩きにくそうにしている。カレルは自分の足を高く上げてみせた。

「そりゃ、生まれてすぐに靴履いたんだから、仕方ないさ。サイズはピッタリなんだから、じきに慣れるって。それより、こっちだ。森の中では、絶対俺から離れんなよ？　迷ったら、二度と出てこられなくなっちまうから」

「はい、マスター」

　スヴェインを従えて、カレルは意気揚々と森に入った。森といっても、旅人が多く往来し、馬車も通るので、それなりに広い道が一本通っている。ただ、そこから一歩茂みに分け入れば、そこは確たる目印を持たなければ、たちまち遭難してしまう深い木立だ。

　小一時間歩き続けて、カレルはようやく目的の場所にたどり着いた。昔の村人たちが、木を切り倒した跡地である。細い樹木は生えているものの、他の場所と違ってふんだんに日光が降り注ぐその一角だけは、野草がすくすくと育っていた。

「ここ！　ここなら、薬草がいっぱい生えてるんだ」

　カレルはそう言いながら、手近にある草をちぎり、スヴェインの鼻先に突きつけた。

「これはローズマリー。とにかくよく使う草だから、たくさん要る」

「いい香りです」

ローズマリーに鼻を近づけ、スヴェインはニッコリする。カレルもローズマリーの清々しい芳香を味わってから、背中の籠に放り込んだ。そしてまた、違う草木を何種類か摘み、スヴェインに見せる。

「それから、アイブライトだろ、カレンデュラだろ、マグワートだろ、メリロットも。どれも綺麗な花だから、覚えやすいはずだぞ。そんで、これはエルダー。エルダーも葉っぱじゃなくて、花だけ摘むんだ。どれも枯れかけじゃなくて、綺麗に咲いてる奴な」

「なるほど」

「あと、全部摘んだら来年生えなくなったり、木が弱ったりするから、半分くらいにする」

「……あなたは優しいですね、マスター」

どうやらすぐに相手を触りたがる習性があるらしい。今朝、カレルに叱られたことなどすっかり忘れた様子で、スヴェインはカレルの頭を撫でようとする。それを素早く察知してかわしたカレルは、そそくさと薬草摘みを始めた。

「…………」

残念そうに、しかしご主人様に倣《なら》って草を摘み始めたスヴェインは、数秒考えてからこう言った。

「マスター。ここよりもっといい場所があります」

「は？　お前がそんなの知ってるわけないだろ。何をつまんないこと言って……」

「こっちです」

カレルの言葉に耳を貸さず、スヴェインは色鮮やかな初夏の茂みを掻き分けて歩き出す。

「こら！　使役は勝手にご主人様の傍を離れちゃ駄目だって、言ったばっかだろ俺！　あ、もう、マジでどこ行くんだよ！　俺を置いてくな！」

うっかり立場が逆転してしまったことを咎める余裕もなく、カレルは大慌てでスヴェインを追いかけた。何しろ身長が違えば歩幅もかなり違うわけで、スヴェインが本気で歩くと、カレルは小走りでないと追いつけないのだ。

「ぜえ、はあ、はあ……っ、ど、どこまで行くつもり……」

カレルが長いローブに花粉や種を山ほどつけ、もはや息絶え絶えになった頃、ようやくスヴェインは歩みを緩めた。

「ほら、ここです。……マスター？」

振り返ったスヴェインは、そこで初めてカレルの哀れな状態に気付いたらしい。焦った顔でカレルに駆け寄ってくる。

「マスター、大丈夫ですか？　ああ、わたしは歩くのが速すぎましたか」

「も……ちょっと、はやく……きづ、け……」

荒い息の合間に文句を言うので、迫力など欠片もありはしない。そんなカレルを抱き支えるようにして、スヴェインは再び歩き出した。

「すみません、マスター。でも、気持ちのいい場所で休めると思いますよ」

「きもち……の、いい、ばしょ？　うわっ」

そう言われて目の前を見たカレルは、驚きの声を上げた。そこには、目の覚めるような鮮やかなブルーの湖面があったのだ。そのせいか、吹く風が他の場所より遥かに涼しい。

「な……何だ、これ」

「湖です。このほとりには、あなたが欲しがっている草がたくさん生えていますよ」

「ホントだ。……こんな場所、初めて来た」

そこもさっきの場所と同じように木立が切れており、しかも小さいが美しい水を湛《たた》えた湖があった。這《は》いつくばるようにその冷たい水を口にし、汗ばんだ顔を洗って、カレルは歓声を上げる。

「気持ちいい……！　水も旨い。スヴェイン、お前も飲めよ」

「はい」

こちらは息ひとつ乱していないスヴェインも、優雅に片手で水を掬って口に運び、薄く笑った。

「冷たい水ですね。あなたは休んでいてください、マスター。草はわたしが摘みますから」

そう言うなり、スヴェインはさっきカレルから教わった薬草を、次々に摘んでは籠に入れていく。まだ息が整わないカレルは、湖のほとりに座り込んだまま、そんな使役の姿を呆然と見ていた。

「なあ、スヴェイン」

「はい？」

「お前、生まれたばっかなのに、何でこんな場所知ってたんだ？」

それはもっともな疑問だったが、スヴェインもエルダーフラワーの白い花穂を摘みながら小首を傾げた。

「さあ……。わたしにもわかりません」

「自分でもわかんないのかよ？」

「はい」

カレルはしばらく口をへの字に曲げ、腕組みして考え込んでいたが、やがてポンと手を打った。

「そっか！　お前を創る材料に、森の土があった。お前の体、きっと森の土から出来てるから……だから、森のことがわかるのかな」

「ああ、なるほど。そうかもしれませんね」

「そっか！　お前、意外と便利だな。使役を生み出す方法を書き留めておいてくれてた師匠に、感謝しなくちゃ」

思わぬ幸運に、カレルは上機嫌でそんなことを言った。もう、さっき死ぬ思いで歩く羽目になったことなど、頭からすっぽり抜け落ちている。そんなカレルに、今度はスヴェインが質問した。

「あなたの師匠は、今どこに？　どんな人間ですか？」

「俺の師匠は、アレッサンドロって名前の爺《じい》さんだったんだけど、三ヶ月近く前に死んだ。俺、十歳のときに師匠の養子に貰われてきて、そっからずっと弟子だったから、どうにか跡を継げたんだ」

「おや……。アレッサンドロ……」

師匠の名前を口の中で転がすように呟いたスヴェインに、カレルはローブをバタバタさせて涼しい空気をローブの下に引き込みながら言った。

「何だよ？」

「いいえ、いい名前だと思って」

「ははっ、使役でも、いい名前とか悪い名前とかわかんのか？　でも確かに、アレッサンドロって魔法使いらしい名前だよな。師匠の母さんだって、生まれた瞬間にこの子を魔法使いにしようと思ったわけじゃないだろうにさ。いいよなあ、名前からして貫禄があって」

師匠を羨《うらや》むカレルに、スヴェインは手を休めず、しかし視線はカレルのほうに向けてこう言った。

「あなたの名前も素敵ですよ」

「カレルって名前が？　いくつになっても子供みたいな名前じゃね？」

「いいえ。あなたらしい、伸びやかな響きの名前です」

「へへ、そっかな」

照れくさそうに笑って鼻の下を擦ったカレルは、よいしょと勢いをつけて立ち上がった。

「よっし、休憩終わり。俺も摘もう。……そうだ、これまでの分はなしにして、こっから、俺とお前でどっちがたくさん摘めるか競争しようぜ！」

「あなたがお望みなら。ですが、わたしが勝つと思いますよ」

別に挑発するつもりはないらしいが、スヴェインは穏やかな口調で常識を語るようにそんなことを言う。生来負けん気の強いカレルは、それを聞くなり憤然として籠を揺すり上げた。

「馬鹿言ってんじゃねえ。いくらお前に森の知識があったって、薬草摘みのキャリアは俺のほうが全然長いんだからな！　絶対負けねえ。よーし、真剣勝負だ！」

「あなたが真剣なら、わたしも真剣になります」

そして二人は、お互い少し離れ、猛然と薬草を摘み始めた。そして……カレルが悔しさに地団駄を踏む羽目になったのは、太陽が西の空に傾く頃だった……。

＊　　＊

そんなふうに、カレルがスヴェインを使役として、一ヶ月余りが過ぎた。

スヴェインはカレル曰く「外見はおっさん」だったが、日常生活のことは、生まれたての赤ん坊並に何も知らなかった。

カレルは、手取り足取り、家事のあれこれをスヴェインに教え込み、最近ではようやく、掃除と洗濯、それにお茶を淹《い》れることくらいはできるようになった。ただ料理だけは、スヴェインに任せるとまったく味付けをしない、茹でたり焼いたりしただけの料理がテーブルに並んでしまうので、カレルがすることにしている。

家事の大半をスヴェインが引き受けるようになったため、カレルはこれまで以上に魔法使いの仕事に時間を割けるようになり、日々のやりくりは随分スムーズになった。

それに、カレルが夢にまで見ていた「会話」ができるので、これまでずっとこの家では無口に過ごしてきたカレルは、ずいぶん明るく、饒舌《じょうぜつ》になった。何を言っても、本気で「常に傍近く」控えているスヴェインが言葉を返してくれるので、それが嬉しくて楽しくて仕方がないのだ。

ただ、唯一の問題は……スヴェインが、最初の夜から今に至るまでずっと、アレッサンドロのベッドで、カレルを大きな枕よろしく抱いて眠ることだった。

カレルは、元自室に大きなベッドを買い直そうとしたのだが、スヴェインは「そんなことをしなくても」と妙に強硬に主張して、夜になると当然のようにベッドに入ってきた。

最初こそぷりぷり怒っていたカレルだが、よもや自分が弟子の部屋に戻って寝るわけにはいかず、他に寝場所もない。眠さと疲れに負けて、渋々スヴェインと眠る夜の数が増えるにつれて、カレルのほうもすっかりそれに慣れてしまった。

それに、正直を言えば、カレルもスヴェインにゆったりと抱かれて眠るのが、予想外に心地よかったのである。

最初の夜こそ先にさっさと眠ってしまったスヴェインだが、それ以降は毎晩、カレルが眠りに落ちるまで、ゆったりと背中を撫でながら、他愛ない話につきあってくれる。

本当に理解しているのかいないのかわからない、けれどひたすら穏やかなスヴェインの相づちを聞いているうち、気持ちよくことりと眠りに落ちる夜が、カレルは大好きになってしまっていた。


そんなある日の午後のこと。

カレルは工房で丸薬をひたすら丸める辛気くさい作業をしており、スヴェインはその傍らで、所狭しと並んだ瓶を一つずつどけては棚を拭くという、これまた根気の要る作業をしていた。

「マスター、これは何です？」

そう言ってスヴェインが手にした褐色のガラス瓶の中には、小さな石ころがいくつか入っている。カレルはちらとそちらを見ただけで、無造作に答えた。

「それは雄鶏《おんどり》の胃の中から取れる石ころ」

「……そんなものを、何故大事に取っておくのです？」

「雄鶏は石ころを飲み込んで、それで食べ物を砕くんだってさ。だから、その石を使ってお守りを作れば、力と勇気がもらえるんだ」

「そう……ですか。ではこれは？」

　興味津々のスヴェインは、今度は違う瓶を手にする。細長い透明なガラス瓶には、カラカラに乾いた木ぎれが詰まっていた。

「お前、何でも触るなって！　それは『さすらいの木』だよ」

「……木はさすらいません。芽吹いたその場所で一生を終えるのです」

「んなことはわかってるよ。生きてる木じゃなくてさ、枯れたり倒れたりした後、たまさか流木になって、川から海に流れ着く木ぎれがある。それがいくつもの海を渡って、長年さすらって岸に流れ着くことがあんだろ？」

「……あるかもしれません」

「それが『さすらいの木』。そういう木には、不思議な力が宿ってるっつって、お守りの材料として人気なんだよ」

「そのような不思議なものたちを、マスターはいったいどこから集めてくるのです？」

「別に、俺が集めるわけじゃないよ。そもそも、こっから海はうんと遠いしさ。それは、テュスが持ってきたんだ」

「テュス？」

「行商人。ヘンテコな品物ばっっか集めて、あっちこっちを旅してる。この辺りで見つからない素材は、たいていテュスから買うんだ。まあ、師匠は魔法使いの仕事で大もうけするような人じゃなかったから、そんなに高いもんは買えなかったみたいだけどさ。……そういや、そろそろ来る頃じゃねえかな。前に来てから、ずいぶん経ってるし」

「なるほど……」

スヴェインが大いに納得して頷いたそのとき、玄関の扉がノックされる音が聞こえた。

出ようとしたスヴェインを手で制止して、カレルは立ち上がる。

「いい、俺が出るよ。お前はでっかいから、お客さんがびびっちまう」

「………」

幾分不本意そうに、それでもスヴェインはカレルについて居間へやってきた。

「こ……こん、にち、は」

　扉を開けたカレルの前に立っていたのは、おそらく十歳くらいの少女二人だった。ひとりはお下げ髪、ひとりはおかっぱで、似たような質素な生成りのブラウスに膝下まであるスカート、それに花模様の刺繍を施したこの地方独特のベストという姿だ。

学校帰りなのか、二人とも手提げ鞄《かばん》を持っており、そこからは小さな黒板が覗いていた。

村に住む、そこそこ裕福な家の子供たちだろう。

「いらっしゃい」

二人とも初めて見る顔だが、わざわざ町外れのこの家まで訪ねてくるからには、何か用があるのだろう。カレルがお決まりの挨拶をすると、少女たちはギュッと手を繋ぎ、顔をこわばらせた。ご丁寧に、二人してそのまま一歩後ずさる。

「ま……魔法使い様に会いたいの」

渾身《こんしん》の勇気を振り絞ったのであろうお下げ髪の少女の声は、泣き出しそうに震えていた。

（あーあ。まあ、無理ねえか。ガキだもんな）

そうしたネガティブな態度には慣れっこのカレルだけに、うんざりしても傷つくことはもはやない。むしろ、得体の知れない魔法使いの家を子供だけで訪ねるのは、さぞ勇気の要ることだっただろうと感心すらする。

だから彼は、幾分声音を和らげ、少女たちに笑みを向けた。

「魔法使いは俺だけど。どうした？　お使いか？　薬でも必要になった？」

「…………」

どうやら、思ったよりまったく怖くない……というか、有り体にいえば迫力も威厳もない童顔のカレルが魔法使いと知って、ガッカリするより安堵したらしい。二人の少女は顔を見合わせ、ホッとした様子で引き攣《つ》った頬を緩めた。

積極的なほうらしきお下げ髪の少女は、カレルに小さな笑みを向けてこう切り出した。

「えっと。あたしはクレア。この子はホリー。……あの、魔法使い様って、お守りを作ってくれるって聞いたんだけど」

カレルは身を屈め、少女たちに視線を合わせて頷いた。

「俺はカレル。うん、護符なら色々作れるよ。どんなのがいいんだ？」

すると、やはりお下げ……クレアのほうがハキハキした口調で答えた。

「友情のアミュレットを作ってほしいの。あたしたちに、一つずつ。ずーっとあたしたちが、なかよくいられるように。……でもお金、二人分合わせてもこれだけしかないんだけど」

そう言いながら、クレアは鞄から小さな財布を出し、カレルの手のひらの上で逆さまにした。出て来たのは、小さな銅貨が六枚だけだった。パンが二つ買える程度のはした金だが、きっとたまにもらえる小遣いを、二人がかりで大事に貯めたのだろう。

カレルは片目をつぶり、悪戯っぽい口調で言った。

「んー。この金額じゃ、あんまし豪華なもんは作れないけど、それでもいいか？　勿論、安物でも効果は変わんないけどさ」

「うん！」

二人の少女は、同時に元気よく頷く。カレルは笑って頷いた。

「よっし。じゃあ、立派じゃないけど、よく効くように頑張って作ってやるよ。入りな」

「……いらっしゃい、ございます」

居間に通された少女たちを、暖炉の掃除をしていたスヴェインは物珍しそうな顔で迎えた。相変わらず、挨拶の文句を微妙に間違える癖は直らないのだが、面白いのでカレルも敢えて口うるさく注意しないでいる。

大柄なスヴェインに一瞬怯《ひる》んだ二人の背中をポンと叩いて、カレルはテーブルを指した。

「すぐ材料を揃えてくるから、そこに座って待ってな。……スヴェイン、この子たちに、飲み物を作ってやってくれよ。エルダーフラワーのコーディアルを水で割ったのがいいかな」

「わかりました、マスター」

スヴェインが台所に入るのを横目に、カレルは工房へ行き、護符の材料を揃えた。大人の客なら工房に招き入れるが、子供をおどろおどろしい部屋に入れるのは、どうにも気が引けたのだ。

カレルが戻ってきたとき、二人の少女は食卓につき、両脚をブラブラさせながら、美味しそうに飲み物を楽しんでいた。

「旨いだろ。そのコーディアル、こいつと二人で摘んだエルダーフラワーでこしらえたんだぜ」

「うん、とってもおいしい。すっとする」

　夏の蒸し暑い道を、子供の足で丘の上まで上ってくるのはさぞ骨が折れたことだろう。爽《さわ》やかな飲み物で笑顔になった少女たちの向かいに座り、カレルは木のテーブルの上に材料を置いた。

「まずは、アミュレットの材料を入れるちっちゃな袋。布袋だけど、長い紐《ひも》をつけてやるよ。首から提げられるように」

　そう言って、カレルは小さな生成りの布袋を少女たちに見せた。二人ともマグカップを置き、神妙な面持ちでカレルの手元を見守っている。

　カレルは袋を開くと、最初にいい香りのするごく小さな布切れを入れた。

「いいか、この袋の中には、ゼラニウムって花の精油を染み込ませた布切れが入ってる」

「ゼラニウム？」

　二人の少女の首が、同じ方向に傾げられる。カレルは身を乗り出し、彼女たちと視線を同じにして説明してやった。

「そ。ゼラニウムの花言葉は、『まことの友情』、それに『あなたがいてくれて幸せ』だ。な？　お前らにピッタリだろ？」

「うん！」

「うん！」

少女たちは丸い頬を紅潮させ、嬉しそうに頷く。

「それから、ヘーゼルナッツも入れる」

「それはどうして？」

おかっぱの少女ホリーに問われ、カレルは片目をつぶってみせた。

「お前ら、今はそんなにベタベタ仲良しでも、ケンカすることもあるだろうから。ヘーゼルナッツの花言葉は、『仲直り』だ。ケンカしたら、必ずこの守り袋を開いて、今日のことを思い出して仲直りしろよ」

「………………」

少女たちはいくぶん不安げに、互いの顔を見交わす。カレルは笑顔で、最後にごく小さな白い石ころを彼女たちに見せてから袋に入れた。

「大丈夫。ヘーゼルナッツは、念のため入れただけだから。この白い石は、ホワイトオニキスだ。気持ちを穏やかにして、好きな人と仲良しでいられるようにしてくれる。つまり、ケンカしそうになっても、この石が止めてくれるってわけ。完璧だろ？　これ、ホントは予算オーバーだけど、サービスしとくよ」

そう言いながらカレルは袋の口をギュッと縛って閉じ、それぞれの小さな手のひらに載せてやった。

「よし、できた。大事にしろよ」

実に素朴な「友情のアミュレット」を大事そうに胸に抱き、二人の少女は深く頷いた。

「とても嬉しそうでしたね」

「うん。よかった。……友達って、いいもんだな」

手を繋いで丘を下っていく少女たちの姿を見送りながら、カレルは羨ましそうに呟く。

そんなカレルを、スヴェインは小首を傾げて見た。

「そういえば、マスターはいつもわたしと二人きりですね。他の人は誰もいません」

またこいつは余計なことを言い出したと、カレルはムッとした顔で応じる。

「それが何だよ」

「マスターには、友達はいないのですか？」

実にデリカシーのない質問を食らい、カレルはみぞおちを殴られたような顔で、つっけんどんに答えた。

「いないよ、んなもん」

「どうして？」

スヴェインは真っ直ぐな目をして、心底不可解そうに小首を傾げる。

(どうしてって……。友達がいたら、お前なんか創ろうと思わなかったっての！)

悪気のない質問ほど残酷なものはないことを痛感しながら、カレルは泣きたい気持ちをこらえ、ぶっきらぼうに言い放った。

「どうしても何もねえ。いないもんはいないんだ」

「だから、どうして？　できないのですか、作らないのですか？」

「ぐっ……！」

痛いところを突かれすぎて、悔しさと情けなさで目の奥がじわっと熱くなってくる。

「うるさい！」

使役の前で泣き出すなどという醜態を晒《さら》さないうちに、カレルは家の中へ逃げ込もうとした。だがその腕を、スヴェインが例の強い力でぐいと摑んで引き留める。

「痛っ！　は、離せよ！」

「……すみません」

意外と素直にカレルを解放したスヴェインは、真剣な面持ちでカレルの顔を見つめた。

「教えてください、マスター。友達はどうやって作るのですか？」

「どうやってって……。人と出会って、喋って、気が合ったら友達になるんだよ。まあ、友達になろうよって宣言する奴もいるんだろうけど、普通は自然にそうなる」

　スヴェインは「でしたら」と、薄茶色の目でカレルの緑色の目をじっと覗き込んでこう言った。

「わたしは、マスターに創っていただいて、一緒に暮らして、たくさんお喋りしています。わたしとは気が合いますか？　合いませんか？」

「あ……合わない奴と、喋るわけないだろ」

「では、わたしでは、駄目ですか？　わたしは、あなたの友達になれませんか？」

「駄目に決まってる。お前は使役で、俺はご主人様なんだから！」

「使役とご主人様は、友達になっては駄目な決まりなのですか？」

「そ……んなことはない、けど……、うわッ」

　カレルは思わず悲鳴じみた驚きの声を上げた。スヴェインが、突然カレルの手をギュッと握ったのである。

「な、何すんだよっ」

　カレルは慌てて手を振り払おうとするが、スヴェインは強引にカレルの手を握り締めて離さない。スヴェインの手はヒンヤリしていたが、アレッサンドロの氷のようだった手と違い、湿った土を触ったときの、不思議な優しさをカレルに思い出させた。

「バカなことしてないで、離……っ」

離せと言おうとして、カレルはぐっと言葉に詰まった。スヴェインが、真剣な面持ちでカレルを見つめていたからだ。

「な、なん、だよ」

「あの子たちは、とても嬉しそうに手を繋いでいました」

スヴェインは、カレルと繋ぎ合った手を少し持ち上げ、心配そうにカレルの顔を覗き込んだ。

「だ……から……?」

「こうしたら、マスターも嬉しいのかと思って」

そう言われて、カレルは羞恥《しゅうち》に顔を真っ赤に染める。

「子供と一緒にするなっ。俺はもうオトナなんだから、別に……」

「嬉しい」

「いや、だから俺は別に嬉しくなんか！」

「わたしが、嬉しい」

「えっ？」

思いもよらないスヴェインの言葉に、カレルは目を丸くした。スヴェインは握り合った手をしげしげと見やり、困り顔で小首を傾げた。

「というか、これは嬉しい、のですか？」

「俺に訊くなよ！　嬉しいのか嬉しくないのか、どっちなんだ」

「わかりません」

困惑しきり、けれどしっかりと繋ぎ合った手はそのままで、スヴェインは救いを求めるような顔でカレルを見た。どこまでも穏やかな、けれどどこかに芯の強さを感じさせるスヴェインの真っ直ぐな眼差しに、カレルの心臓が急に鼓動を速める。

「わかりませんって……だってお前……自分のことじゃん」

ツッコミを入れるその声すら、無様に上擦っているのが自分でわかる。そんなカレルの引き攣った頬に、スヴェインはもう一方の手でそっと触れた。

ひんやりした、大きな骨張った手。その手に優しく触れられただけで、カレルの胸がギュッと痛くなった。

「マスター、あなたに触れると……」

勝手に触るのは禁止だと怒るのも忘れ、ただ軽く怯えたように自分を見ているカレルに、スヴェインは切なげに目を細めて囁いた。

「何かが、わたしの中に流れ込んでくる気がします」

「わかりません。でも、とても温かなもの。毎夜、あなたを抱いて眠るときも、それがわたしを心地よく満たしてくれます。わたしはそれが、とても好きです」

「う……う、うう」

「あなたはどうですか？　わたしと眠ったり、こうして手を繋いだり、触れ合ったりしても、何も感じませんか？　わたしから、あなたに流れてゆくものはないのですか？」

羞恥と困惑にたまりかねて、カレルはとうとう先に目を逸らした。おかげで敗北感まで追加されてしまったが、そんなことを気にしている余裕はない。

「何かって……何だよ」

「し、知るかよ！　んなもん、別に何も」

「でも、わたしがこうして触れると、いつもあなたの顔は赤くなりますね。それに、ベッドの中であなたを抱いていると、最初はとても鼓動が速……」

「わーッ！　もういい！　な、何か流れてくるっていうより、もうひたすら恥ずかしいんだよッ」

とうとう本音を吐いてしまったカレルの顔は、もはや半泣きになってしまっている。だがスヴェインは、むしろオロオロして握った手をほどいた。

「恥ずかしいという言葉の意味が、わたしにはわかりません。けれど、あなたがそんな顔をするということは、これは嫌なことなのですか？」

本当に、真摯《しんし》な問いほどたちの悪いものはない、とカレルは思った。相手が悪意を持って意地悪な問いをしてくるなら、いくらでも武装のしようがある。けれど、こんなふうに心の底から自分を案じて投げかけられる問いに、どうして本心を隠せようか。

「嫌……じゃない」

「本当に？」

重ねて問われ、カレルはこっくりと頷いた。スヴェインはたちまち愁眉《しゅうび》を開き、いつもの温かな笑みを浮かべる。

「では、それは嬉しい、という言葉で表現してもいい心持ちですか？」

「…………」

カレルはもう一度、無言のままで頷いた。そして、今度は自分から乱暴にスヴェインの手を握ると、ぐいぐいと家の中へ引っ張っていく。

「わかりました。マスター。きっとわたしも、あなたと同じ気持ちです。あなたと、もっともっと手を繋いでいたい。そうか、これが『嬉しい』なのですね」

「うるさい！」

そっぽを向いて怒鳴ってみたところで、カレルはうなじまで赤くしている。

「マスター、そんなに手を強く握っては、痛いです」

「うるさいって言ってんだろ！　早く来いよ、仕事の続きをするんだから！」

やけっぱちの勢いで怒鳴りながらも、カレルはスヴェインの手を離さない。そんなカレルに、スヴェインも嬉しそうな顔で、しかも重心をわざと後ろに傾けて引っ張られていったのだった……。

四章　触れてはならないもの

　アレッサンドロが死んで半年、スヴェインがカレルの使役になって四ヶ月近くが過ぎた。

　暑い夏が過ぎ、季節は実りの秋を迎えつつある。様々な穀物や野菜、果物が収穫を迎えるため、村人たちは農作業や秋祭りの準備に忙しく、カレルの工房を訪れる者は他の季節よりずっと少ない。

　だからといって暇かといえばそういうわけではなく、カレルはスヴェインに手伝わせ、春や夏に収穫し、乾燥させておいた草木を使って薬やハーブ水を調合したり、一年に一度、村祭りの日に村人が買いに来る「来年の豊作を願う護符」を大量に作ったりと、毎日忙しく過ごしていた。

　そんなある日、カレルが家の外で干しているキノコの乾燥具合を確かめに外に出ると、緩やかな上り坂をこちらへ向かって来る、やたらカラフルな服装の人物が目に入った。

「あっ」

カレルの口からは小さな声が上がり、幼さの残る顔には屈託のない笑みが浮かんだ。

「おーい、テュス〜！」

相手の名を呼んで手を振ると、カレルに気付いたのか、相手も大きく手を振り返し、歩みを速める。

やがてやってきたのは、まだ二十代に見える、丸眼鏡の男だった。

「毎度おおきに。素材屋です〜」

どこか間の抜けた、奇妙なイントネーションの挨拶を聞くなり、カレルは懐かしそうに、さっきテュスと呼んだ男に駆け寄った。

「テュス！　やっと来てくれたんだ！　秋祭り用の護符の材料が足りなくて、このままあんたが来なかったらどうしようって焦ってたんだぞ」

男……テュスは、色とりどりの幾何学模様の刺繍がふんだんに入った、前合わせのぶかぶかした服を着ていた。風変わりなのは服だけではなく、目深に被った鍔《つば》の広い帽子も、淡く緑がかったレンズの丸眼鏡も、すべてがこの辺りでは見かけないものばかりである。

帽子からはみ出した短めの茶色い髪は癖が強く、蔓草《つるくさ》のように奔放にうねっていた。

歩くたびにカラカラと乾いた音を立てる木製の長い首飾りを弄《もてあそ》びながら、テュスはニカッと人懐こい笑みを浮かべた。

「久しぶりやな、カレル」

「ホントに久しぶりだよ。どっか遠くへ行ってたのか？」

カレルも、嬉しそうな笑みを浮かべた。テュスはカレルよりは長身だが、さほど大柄ではない。動くと、オーバーサイズの服の下で体が泳ぐのが見てとれた。

「ちょいとな。お得意さんから、とびきりの蠱毒《こどく》を作るための蝦蟇《がま》がほしいて言われて、ずいぶん東のほうまで足を伸ばしとった」

「が、蝦蟇……って、師匠に昔、聞いたことがある。イボだらけの、でっけーカエルだろ？　触っただけで全身に毒が回るとかいう」

「あははは、そない強烈なもんやない。毒を持っとるんは確かやけどな。……ちゅうか、噂に聞いた。アレッサンドロが死んだらしいな。体、悪うしとったんか？」

「うん、半年前に。特にどこが悪いってわけじゃなかったんだけど、出先から戻って、横になってすぐ……。眠ってるみたいだった」

亡き師匠の話になると、カレルの声は未だに沈む。テュスも笑みを引っ込め、右手を胸に当てた。

「そらまた、理想的な大往生やな。ご愁傷さんや」

シンプルなお悔やみの言葉を口にしてから、テュスは一歩退いて、カレルの全身をつくづくと見た。

「それ、アレッサンドロのローブやろ？　それ着とったら、お前さんもいっちょ前の魔法使いに見えるやないか。杖は？」

「ロテールにお前が受け継げって言われたから、杖も貰った。俺は師匠と違って足は丈夫だから、祈禱とか儀式のときしか持たないけど」

「ははは、せやな。ロテールはともかく、お前にはまだ杖は似合わん」

からからと笑われ、カレルは悔しそうに頰を膨らませる。

「何だよー、どうせ俺は貫禄ないよ！」

「その歳であってたまるかいな。貫禄なんぞ百年早いわ。……おー、池の魚もまるまる太って、元気そうやな。あとで一尾もろて食うてええか？」

「駄目だって！　俺だって食ってないのに」

池の畔に歩み寄り、水の中を覗き込むテュスの隣に慌てて駆け寄り、カレルは今にも水に手を突っ込みそうな男を制止した。それから、ふと不思議そうにテュスの人好きのする、若々しい横顔を見やる。

「なあ。テュスは、俺がこの家に来る前から……いや、ロテールが養子になる前から、行商に来てたんだろ？」

「そうや。それがどないかしたんか？」

カレルは曖昧に首を傾げ、少し躊躇いがちに言った。

「いや……ずっと前から不思議だったんだけどさ。これまでは、無駄話したら師匠がすぐ怒るから、訊けなかったんだ。あのさ、あんた、ずーっと変わらないよな」

「そうか？」

「そうだよ！　ロテールだってちょっとは老けたのに、あんた、若いまんまだもん」

「おっ、何や、半年ちょっとの間にお世辞なんぞ覚えたんか。せやけど、その程度では、おまけはしたられへんで？」

「お世辞じゃないよ。ロテールだって、テュスはずっと変わらないって訝しんでた。なあ、あんたホントは、いったいいくつなんだ？」

「さあ。二十歳過ぎたら、歳は訊かへんのが礼儀や」

ニヤニヤと笑いながら、テュスは空とぼける。彼の膝ちかくまである長い上衣の尻のあたり、布の下で何かが微妙に動いているのが、幸か不幸か、カレルの位置からは見ることができない。

「ちぇっ、秘密主義だよなあ、あんた」

「秘密は多いほうが、魅力的に見えるっちゅうからな。それより、商売の前に茶でも飲ませてんか？　秋言うても、歩いとったらまだまだ暑いわ」

催促されて、カレルはようやく、テュスが大きな薬籠を背負ったままであることに気付いた。

「あ、ごめん。中に入って、まずはくつろいでくれよ」

「仕事の邪魔にはなれへんか？」

「大丈夫だよ。何なら、泊まってってくれてもいいんだ。どうせ今は、みんな刈り取り前の畑仕事が忙しくて、こんなところまで来る暇ないし」

「ああ、もうそんな時期か。ほな、ちょっと休ませてもらうわ。お邪魔さん」

テュスはカレルについて、嬉しそうに家の中に入ってきた。こぢんまりした居間をぐるりと見回してから、床の上に薬籠を下ろし、自分も椅子に掛けた。

カレルはすぐに冷たい井戸水を手桶に汲んで、タオルと共にテュスの前に置いてやった。

「手と顔、これで洗えよ」

「おう、ありがとうな。はー、さっぱりする」

テュスは眼鏡を外し、バチャバチャと勢いよく顔を洗った。タオルで顔を拭き終えたとき、現れたテュスの瞳は、琥珀《こはく》のような金色だった。瞳孔《どうこう》も、縦に長く開いている。あるいは、そんなときでも外さない大きな帽子の下にも、何か秘密があるのかもしれない……

そう思わせる異形である。

だが、カレルが台所からお茶を淹れて戻ってくるまでに、テュスは再び眼鏡をかけて、妖《あや》しい目を隠してしまった。

「今日は変に蒸し暑いから、かえって熱いお茶のほうが旨いだろ。あと、昨日買ったばっかのパンもあるから、サンドイッチも」

変わらぬ若さを怪しみながらも、テュスが人外である可能性には思い至らないカレルは、無邪気な笑顔で戻ってきた。ローズヒップの色鮮やかなお茶を満たしたマグカップと、サンドイッチの皿をテュスの前に置いてやる。

「お、ありがとうな。旨そうや」

嬉しそうにがっつき始めるテュスを見やり、カレルも同じテーブルでお茶を飲みながら訊ねた。

「あのさ、護符の材料はたっぷりほしいんだけど、他にも、リュウゼツランの葉って今日ある？　そんでもって……高い？」

羊のチーズを挟んだパンをモゴモゴと咀嚼し、お茶で流し込んでから、テュスは傍らの薬籠をちらと見て答えた。

「リュウゼツラン？　ああ、あるで。蝦蟇がおる場所にようけ生えとったから、ついでに採ってきた。まあ、そう安いもんやないけど、もてなしの礼に割り引きしたるわ。……せやけどリュウゼツランなんぞ、何に使うんや？」

「使うっていうか、師匠が買い置きしてたのを、使っちゃったんだ。だから、念のため補充しとかなきゃと思って」

「使った？　何に？」

「それが……」

カレルが説明しようとしたそのとき、大きな木のバケツとモップを持ったスヴェインが居間に入ってきた。工房の掃除を終え、こちらに移動してきたらしい。いつものように客人にうっそり頭を下げると、そのまま暖炉の灰を掻き出しにかかる。

「……あれは……？」

せっせと掃除に励むスヴェインの後ろ姿に、テュスは何故か酷く驚いた様子で問いかけた。ここぞとばかり、カレルは鼻高々で胸を張る。

「ちょうど、今言おうと思ってたんだ。村の人たちには、異国から来た弟子だって言ってるんだけどさ。……内緒だぜ。ホントはあれ、俺の使役なんだ！」

得意げなカレルとは対照的に、それまで飄々《ひょうひょう》とした態度を崩さなかったテュスは、驚きを露わに問い返してきた。

「使役？　お前さんのか？　いったいどこで見つけ……」

「見つけたんじゃない。師匠の書き付けを見て、俺が創ったんだ！　土くれから」

「土くれ……からやて？」

「信じられないだろ？　俺もだけど、でもちゃーんと成功したんだぜ！　森の土をしこたま取ってきて、そこに色んな材料を煮詰めた臭い汁をぶっかけたら、出来ちまった。リュウゼツランも、そんときに使った」

「あ……うん、え？　いや、……そうなん!?」

「うん。最初は、ボーッとしたおっさんだから、てっきり失敗作だと思ったんだ。喋れるのは有り難かったけど、家事も仕事の手伝いも、なーんにもできないんだもん」

「……はあ」

「けど、こつこつ教えたら、料理以外の家事はできるようになったし、薬草の処理も丁寧だし、何より俺が何か言ったらちゃんと返事するし、基本的には言うこと聞くしさ。話し相手になるから気が紛れるし、最近じゃまずまず役に立つんだぜ」

「そう……か。いや……せやけど、ホンマに土くれから……？」

　テュスは席を立つと、暖炉の脇にしゃがみ込んでいるスヴェインのほうへ歩み寄った。その足取りは、妙に慎重だ。一方のカレルは、得意満面でスヴェインに声を掛けた。

「スヴェイン、ちゃんと挨拶しろよ。前に話したろ？　行商人のテュス。たまにしか来ないけど、これからも世話になる人だしさ」

それを聞いて、スヴェインはうっそりと立ち上がった。この辺りの標準的な服装である上衣とズボンではなく、寝間着に似たゆったりした長衣を着ているので、裾が床に擦れて静かな音を立てる。

「……スヴェイン……？」

「はい。スヴェインと申します。テュス様。今後ともよろしくお願いします」

テュスは微妙に及び腰だが、スヴェインのほうは、いつもと同じ静かな調子で慇懃《いんぎん》な挨拶をして、じっとテュスの顔を見る。

「いや……ま、こちらこそよろしく……お願いしますわ。……はあ、使役……使役、か。いやまあ、ええんやったらええんかな」

やけに歯切れの悪い口調でそう言い、テュスはそそくさとスヴェインから離れる。スヴェインも、別段何の感慨もない様子で掃除を再開した。

「何？　俺は人間そっくりに出来たと思ってんだけど、ヤバイとこあったか？」

少し心配そうに訊ねるカレルに、再び椅子に腰を下ろしたテュスは、薬籠からあれこれとカレルに必要そうなものを取り出しながら首を横に振った。

「いや。人間にそっくりや。……ほれ、アレッサンドロの跡を継いだばっかしのお前さんが、ようあんだけ上手いことやったなーてビックリしただけや。よう出来とる、うん」

「ホントか？」

「ホンマやって。それより俺、今日は日が落ちる前に隣の村までたどり着きたいねん。せやし、そろそろ仕事にかかろか」

やけにあっさりスヴェインの話を切り上げ、テュスは天秤《てんびん》を持ち上げてみせる。

「う……うん、わかった」

他の人にはスヴェインの正体を明かして自慢するわけにはいかないので、カレルとしてはもっとテュス相手に、スヴェインを生み出すまでの苦労や、これまでの色々なエピソードを語りたかったらしい。だが、そう言われてしまっては、それ以上話を続けることは躊躇われる。

彼らはそれきりスヴェインのことは忘れ、しばしの間、商談に没頭した。

「よっしゃ。ほな、全部で銀貨八枚で手を打とか。出血大サービスやで」

「ううう……。うん、まあ、その金額なら何とか払える。秋祭りで護符が売れたら、利益もちょっとは出るかな」

カレルは革の財布から小さな銀貨を八枚取り出し、いかにも惜しそうにテーブルに置いた。それを引き寄せ、一枚ずつ噛んで確かめてから懐にしまい込み、テュスは満足げに「毎度おおきに」と言った。テーブルの上には、この地方では手に入らない薬草や鉱物、それに護符の材料となる流木の欠片などが所狭しと並んでいる。

「お互いええ取引やったな」

そう言いながら帰り支度を始めたテュスは、商売道具の天秤を丁寧に分解しながらふと思い出したようにこう言った。

「それはともかく、旅の途中で、ちーとばかし難儀な話を聞いたで」

「難儀な話？」

カレルはテュスのカップに新しく淹れたお茶を注いでやりながら首を傾げる。テュスは、美味しそうにお茶を一口飲んでから頷いた。

「ほら、山三つ向こうの街に、領主さんの別邸があるやろ」

唐突に振られた話題に、カレルはキョトンとしつつも相づちを打つ。

「うん。俺は行ったことないけど、今、ロテールがそこに住んでる。別邸っていっても、凄く立派なお城だって聞いたよ」

「せや、それや。けど、建てて三百年も経って、あちこちガタが来とるらしくてな。同じ場所に建て替えとるんや。もうすっかり更地に戻して、これから三年くらいかけて新しいお城を建てるらしいで」

「へえ。そりゃまた、豪勢な話だな。でも、何が難儀なんだ？」

まったく理解できないらしきカレルに、テュスは呆れ顔で肩を竦めた。

「そら、建て替えるには、建築資材がようけ要るやろ。石材も、材木も、人足も」

「そりゃそうだな」

「人足はまあ、仕事をほしがる奴はナンボでもおる。銭さえ惜しまんかったら、頭数を揃えるんは難しいことやない。せやけど、資材は、金さえ出したら独りでに寄ってくるもんやない。間違いなく、近隣の町や村からかき集めることになる」

そこでようやく、テュスの言うことを理解したらしい。カレルは一本気らしい真っ直ぐな眉を軽くひそめた。

「それって、もしかしてアレか？　お上から命令が来て、お前の村は木材を何百本とか、お前の村は煉瓦《れんが》用の粘土を馬車何杯分とか、無理矢理差し出せって言われる？」

「そういうこっちゃ。もう、別邸近辺の町や村には、お触れが回っとった。みんな、資材の調達に走り回っとったわ。こんな小さな村でも、絶対見逃してはもらわれへんで。収穫時期やら村祭りやらでただでさえ忙しいときでも、お上は待ったなしやからな」

「マジかよ。酷いな」

「上にいる連中は、そういうもんや。下々が何しとるかなんて、知らんからな。そろそろ、村長のところには命令書が届いてるん違うか？」

「そうなんだ。この村、いったい何を出せって言われるんだろうな」

「さあな。そこまではわからんけど。まあ、お前さんがそない心配そうな顔せんでええ。それに関して、魔法使いに出来ることはあれへんやろ」

あっさりそう言って、テュスは立ち上がった。カレルも浮かない顔で立ち上がり、テュスが重い薬籠を背負うのを手伝ってやる。

「そりゃそうだけど……村の人たちが大変な思いをするのは、嫌だな」

「お前さんは優しいな。村の連中から、都合のええときだけ重宝がられて、結局んとこはつまはじきされとるようなもんやのに」

「仕方ないよ。魔法使いってそんなもんだろ」

「そういうとこが、人が良すぎて心配っちゅうか……まあ万事上手いこと収まるように、祈っとくわ」

心細そうな面持ちのカレルの頭をクシャクシャと撫でると、テュスはそのまま戸口に向かった。カレルも、見送りのために玄関先まで出る。

「せや。余計なことかもしれんけど……あの……お前さんの使役、な。スヴェイン」

やけに声をひそめてスヴェインの名を口にするテュスに、カレルは思わず顔を近づける。

「スヴェインが何だよ？」

「いや、何て言うたらええんかわからんけど、まあ、その、アレや。扱いには注意しいや」

いかにも言いにくそうにテュスは言葉を選びながら早口に言った。一瞬目を丸くしたカレルだが、すぐに大真面目な顔で頷く。

「わかってる。あいつ、無駄に背が高いし、ああ見えて力だって滅法強いから、俺が育て方を間違えたら大変だもんな！　俺、まだまだ魔法使いとしちゃ駆け出しなのに、分不相応な使役を持ってるって自覚はあるんだ」

「え？　あ、いや、そういう意味やのうて……」

「でも、精いっぱい頑張って、俺も一人前の魔法使いになるし、あいつも立派な使役に育ててみせるから！　次来るときを、楽しみにしといてくれよ！」

「あ……あー……こら参ったな」

眉毛をハの字にして帽子の上から頭をぼりぼりと掻いたテュスは、何かを諦めるように嘆息し、情けない顔で笑った。

「まあ、ええわ。とにかく、あんじょう頑張りや。次は、半年も空けんように来るし」

「そうしてくれよな。道中、気をつけて！」

「おおきに。ほなまた」

帽子の鍔をほんの少しだけ上げて挨拶し、テュスは薬籠を背負い、軽い足取りで坂道を下っていく。行商と素材の採取を同時にこなしながら各国を旅しているテュスは、自宅というものを持たないらしい。七年間、この小さな村から一歩も出たことがないカレルには、想像もつかない暮らしだ。

無論、普通の人にはできない素晴らしい経験もたくさんできるだろうが、つらいこと、厳しいことも多いだろう。それでも常に飄々としているテュスの背中に、カレルは改めて尊敬の眼差しを向けた。

「やっぱ師匠をよく知ってるテュスには、俺なんかとてつもなく頼りなく見えるんだろうな。うん、もっと色々頑張らなきゃ！」

思えば魔法使いになって以来、目先のことに追われるばかりで、自分の仕事ぶりをきちんと見直す余裕がこれっぽっちもなかった。カレルは反省を込めて、両手で自分の頬をピシャリと打ち、気合いを入れ直した。

テュスを見送って家に入ると、スヴェインは床掃除の手を止めた。モップを持ったまま、驚くほど鋭い視線をカレルに向ける。

「？」

人付き合いの経験が乏しいせいで、どうしても他人の心の機微に疎いカレルだが、そんなスヴェインの視線にはさすがにギョッとして立ち竦んだ。

「な……何だよ？」

するとスヴェインは、やけに尖った声音でこう言った。

「ずいぶんと、あのテュスという行商人と懇意なのですね」

「は？　テュスと……懇意？」

「お二方で、とても楽しげに話していらっしゃいました。あの男はあなたにやたら触れていましたし、あなたのほうも、わたしのことをあっさり打ち明けておしまいでしたし」

不穏な気配が、スヴェインの全身から湯気のように立ち上っているのは感じられるものの、その理由がさっぱりわからない。カレルは戸惑いながら曖昧に頷いた。

「だってそりゃ久しぶりだったたから。それにテュスはああいう稼業だから、お前のこと話したって、別に怖がったりしないしさ」

「確かに、恐がりはしませんでしたね。ずいぶん無遠慮にジロジロ見られましたが」

「……それで怒ってんのか？」

「わたしは怒ってなどいませんよ」

探るように訊ねたカレルに、スヴェインは静かに答えた。だが、あまりにも素早すぎる返答と刺々しい声音が、それが本当でないことをカレルに教える。

だが、「怒ってるじゃないか」とカレルが口に出す前に、スヴェインはいつもより低い声でボソリと問いかけてきた。

「でもあなたは嘘をついた。以前、友達などいないと言ったではありませんか」

カレルのほうも、主人でありながら使役に真っ向から非難されるという非常事態に、驚きを上回る怒りがこみ上げてきたのだろう。こちらもつっけんどんに言い返す。

「使役のくせに、ご主人様を嘘つき呼ばわりすんな！　嘘なんかついてない。テュスは友達じゃねえ。ただの知り合いだ！　お前が友達って何だってしつこく何度も訊くから、俺、一生懸命考えて教えてやったろ？　気が合って、お互いのこと好きで、大事に思える関係が友達だって」

「あの行商人はそういう存在ではないと？」

「違うよ。テュスは商売人だから愛想がいいけど、自分のこと何も言わないんだ。テュスって名前が本名かどうかも知らないし、歳も教えてくれないし、どこの国の出かもわかんない。あいつは俺のことも何も訊かないし、俺だって何も話したことないよ。ただ、ここでたまに会って気軽な世間話をしたり、知らない土地の話を聞いたり、新しい魔術の素材を見せてもらうのが面白い。そんだけだ。お互い、心は明かさないんだから、友達になりようがないだろ。そういうのは、単なる知り合いでしかないんだよ」

カレルは正直に説明したが、スヴェインの表情は少しも和らがない。むしろ、どんどん険しくなっていくようだ。

「単なる知り合いとあんなに仲良くなさるのですか、あなたという方は」

「な、何だよ。仲良くしちゃいけないのか？　いくら友達じゃなくても、あいつは俺が養子に来る前から、ああやって行商に来てるんだ。ずっと旅暮らしの顔なじみと久しぶりに会って、相手が元気なら嬉しいもんだろ！　師匠の思い出話も、テュスとなら出来るし」

「…………」

スヴェインは何も言わず、しんと冷えた視線をカレルに据えているだけだ。何とも言えない居心地の悪さを感じつつも、ここで逃げるわけにはいかないカレルは、緑色の瞳に力を込めて、負けじとスヴェインを睨み返した。

「いったいお前、何が不満なんだよ！　俺が、知り合いと会って喜んじゃいけないのか？　楽しく喋っちゃいけないのか？」

「そんなことは言っていません」

「じゃあ何なんだよ！　言いたいことがあるなら言えよ！」

カレルは両の拳を握りしめ、ドンと床を踏みしめて怒鳴った。スヴェインのモップを持つ手も、関節が真っ白になるほど力がこもっている。

だがスヴェインは、何か言いかけて何度か唇を開いたものの、結局何も言わずに力なく首を振った。

「言いたいことはあるような気がしますが、どう言えばいいのかわかりません。いえ、本当はあなたに言いたいわけではないのかもしれません。むしろ自分に……」

「……は？」

酷く悲しげな顔をして、スヴェインは俯いた。ついさっきまで詰問や非難の言葉を吐き出していた唇から、今度は沈んだ声が零れ出す。

「すみません、マスター。嘘つき呼ばわりをしたことは、とても申し訳なく思っています。言ってはいけないことでした」

急にトーンダウンしたスヴェインに、そのとおりだと叱責することも忘れ、カレルは唖然としてしまう。

「いや……え……？」

「洗濯をしてきます」

切り口上でそう言うと、スヴェインはバケツとモップを持ち、スタスタと逃げるように居間を出て行った。その広い背中には、さっきまで漲っていた苛立ちは感じられない。むしろ、肩をガックリと落としたその後ろ姿には、しょんぼりという表現がいちばんぴったりくる。

「何なんだよ。酷いこと言われまくったのは俺なのに、何であいつがあんなにしょげてんだよ。おかしいだろ……！　勝手に怒って、勝手に凹《へこ》んで、何なんだよ」

憤りを投げつける先を突然失い、カレルは思わず独りごちた。

これまでの四ヶ月、スヴェインはいつも静かで穏やかで、どちらかといえば短気なカレルがツケツケした物言いをしても、微笑を絶やすことがなかった。むしろ、相手に余裕がありすぎて、自分が子供扱いされているような気がしたことがあるほどだ。

（それなのに……何だったんだ、今の。俺が他のお客さんと喋ったり笑ったりしてても全然気にしなかったのに今日に限って……テュスに限って、何であんなにカリカリしたんだろう、あいつ。俺のこと、嘘つきなんて言った……）

いったい何が、これまで暴言など一度も吐いたことのない温厚なスヴェインをあんなに苛立たせてしまったのか。追いかけて確かめたいと思いはしたが、カレルの足は地面に吸い付いたように動かなかった。

「駄目じゃん、俺。ご主人様なんだから、使役が悪いこと言ったりしたりしたら、厳しく叱らなきゃいけないのに……」

自分自身にそう言い聞かせても、さっきのスヴェインの態度を思い出すと、どうしても勇気が出ない。

「い、いや、あいつも反省してたみたいだし！　うん、自分でちゃんとわかるなら、それが一番に決まってる」

そんな逃避の言葉を口にすると、カレルは気を落ち着かせるために、テーブルの上に放ったらかしになっていた貴重な素材を片付けにかかった……。

結局それ以降、スヴェインは態度を荒立てることなく、いつものように淡々と仕事をこなした。

スヴェインが何も言わないので、カレルもさっきのことを改めて持ち出すのは気が引ける。とはいえ昼間の件は胸に引っかかっており、また謝罪されたとはいえ、理不尽な非難にまだ腹を立ててもいて、いつものように他愛ない話題を持ち出す気分にもなれない。

そんなわけで、日が落ちて夕食のテーブルに着いても、二人の間には極めてぎこちない空気が漂っていた。いつもなら賑やかに喋りながら食べる食事も、その日は二人とも無言だった。ただ、カトラリーが皿に当たる音が時折聞こえるだけだ。

キャベツと根菜類、塩漬け豚を煮込んだお馴染みの料理が、砂を嚙むように味気ない。

スヴェインが来てからというものずっと楽しかった食事の時間なのに、今夜はまるで苦行のようだ……と思いつつ、カレルはどうにか食事を終えた。

食後、カレルが工房でハーブについて書かれた古い本を読んでいると、スヴェインが静かに入ってきて言った。

「お風呂の支度ができました、マスター」

「……あ、そっか。今日か」

カレルは微妙な気持ちで立ち上がった。

週に一度、カレルは入浴することにしている。他の日は濡らしたタオルで体を拭くだけだが、入浴の日には、居間の暖炉の前に大きな木桶を据え、そこに湯を張るのだ。

亡き師匠の風呂の世話をするのは、弟子であるカレルの役目だった。それゆえ今は、使役であるスヴェインがカレルの風呂の支度をすることになっている。

（気が進まないけど、仕方ないな）

カレルが居間へ向かうと、スヴェインは後ろからついてきた。背中にいつになく強い視線を感じるが、スヴェインは何も言わない。相変わらずギクシャクした空気を持て余しながらも、カレルは服を脱ぎ捨て、木桶の湯に身を沈めた。

「……ふう……」

口論したときから、緊張と怒りと戸惑いで、体にガチガチに力が入っていたらしい。熱めの湯に浸かると、全身が心地よく緩んでいくのがわかった。丘の上にある家だけに、秋ともなると夜はかなり冷え込むのだが、暖炉にはあかあかと火が燃えているので、湯から出た部分も、少しも寒さを感じないで済む。

いつもと変わらぬスヴェインの丁寧な仕事ぶりに、カレルはホッと胸を撫で下ろした。

（人間だって、気持ちにはムラがあるもんだ。スヴェインもきっと、意味もなくイライラする日があるんだよな。うん、そういうことなんだろ）

バチャバチャと湯を頭から被りながら、根が楽天家のカレルはそう思った。

湯は心地いいし、スヴェインはカレルが気持ちよく入浴できるように気を配ってくれている。諍《いさか》いは諍いとしてもう終わったことにして、いつまでも引きずるのはよそう。

そんな風に前向きに気持ちを切り替えたとき、スヴェインがブリキの水差しに注ぎ足し用の湯を汲んで台所から戻ってきた。木桶に熱い湯を足してから、タオルをその湯に浸して、カレルの背後に回る。

「背中を洗いましょう。少し前に屈んでください」

「ん」

スヴェインが背中を流してくれるのはいつものことなので、カレルは従順に体を前に傾け、石鹸《せっけん》をつけたタオルが背中に押し当てられるのを待った。

だが……。

「！」

触れてきたのはタオルではなく、スヴェインの大きな手だった。湯で体が温まっているせいで、彼の手の冷たさが余計に強く感じられ、カレルはビクッと身を震わせる。

「何だよ、ビックリしただろ！」

思わず振り返ろうとしたカレルだが、その動きは一瞬早くスヴェインの両腕によって阻まれる。スヴェインは背後から、カレルをギュッと抱き締めた。

「スヴェイン!? ふ、服、濡れるぞ。離せよ」

不意打ちですっかり狼狽えたカレルは、自分でも意識しないまま、訳のわからない心配をしていた。だがスヴェインは、カレルの濡れたうなじに構わず鼻を押し当てた。

「………っ」

森の土から生まれたせいか、スヴェインの体からはいつも朝の森のような清《すが》しい香りがする。柔らかな長い髪に首筋をくすぐられ、吐息を肌に感じて、カレルはこれまで感じたことのない疼きを覚えた。

「な……なに、してんだ、よ」

頬が熱くなっているのは、湯のせいだけではない。素っ裸でスヴェインに抱擁されているることを自覚した瞬間、カレルの心臓は凄まじい勢いで脈打ちはじめた。少しも動いていないのに、呼吸が速くなっているのがわかる。

「スヴェイン……？」

最初の夜に感じたような恐怖とも、昼間に感じた怒りとも違う新しい感情が胸に芽生えているが、その正体が、カレルにはまだ理解できない。

震える声で呼びかけたカレルに、スヴェインは唇をカレルの肌に触れさせたまま、押し殺した声で囁いた。

「これは、何なのでしょう、マスター」

「な……なに、が……あっ？」

スヴェインの声には、迷いと苦しみ、そして昼間と同じ苛立ちが滲んでいた。カレルはせっかく緩んだ体を再び強張らせ、必死で平静を装おうとする。だが、いきなりスヴェインに首筋に口づけられ、小さな声を上げてしまった。

ヒンヤリした唇が触れたところから、さっきよりさらに強い疼きが体内に走る。むず痒《がゆ》さにも似たその疼きは、なすすべもなく下腹に澱《よど》んでいく。そんなカレルの変化を感じ取ったように、スヴェインの骨張った手は、カレルの胸元から脇腹を彷徨《さまよ》いはじめた。

「ちょ……あ、ぁ」

濡れて滑らかになった肌の上を、冷たい指先が生き物のように這い回る。その感触に、カレルは全身総毛立った。

確かに、スヴェインが求めれば、いかにも渋々といった風を装って手を繋ぐことはある。毎夜、抱き締められて眠ってもいる。風呂を使うときには、いつも背中を擦ってもらう。だがこんな風に、素手で裸身に触れられるのは生まれて初めてのことだ。

「やめ……ろ、って！」

情けない声を出してしまったことが恥ずかしくて、カレルは身を捩《よじ》り、スヴェインの腕から逃れようとする。だがスヴェインはそれを許さず、カレルの胸の尖りを爪で軽く引っ掻いた。

「あッ」

カレルの口から、甲高い声が上がる。軽い痛みと、即座に背筋を駆け下りていく甘い刺激は、純粋培養された少年には未知の感覚だった。

「可愛らしいと……思っていました。お傍で暮らして、あなたと色々なことを共にして、夜は眠りに落ちるまで、あなたが色々な話をしてくれる。それが……わたしには楽しかった。けれどマスター、最近、わたしは時々、あなたを見ているのが苦しいのです」

背後から拘束されているせいで、カレルにはスヴェインの顔を見ることができない。だが、スヴェインの声は本当に苦しそうだった。スヴェインの手を引き剝がそうと彼の手首を摑んだカレルの手が、思わず止まる。

「苦しい……?」

「あなたを、わたしだけのものにしてしまいたい。他の誰にも笑いかけず、どこへも行かず、ただこうしてわたしとだけいてほしい。……そう思ってしまうこの気持ちは、いったい何なのでしょう。教えてください」

「そ……んな、の、わかんないよ!」

「あの行商人を、友達ではないとあなたは言った。でもあの男は、わたしの知らない、幼いあなたの姿を見ている。知っている。わたしの知らない話で、あなたと笑い合える。そう思っただけで、溶けた鉄を胸に流し込まれたような気持ちなのです」

そんな熱っぽい訴えと共に、スヴェインの手はカレルの制止を容易く解き、再びうごめきはじめる。まるでカレルの体のすべての場所に触れ、どんな秘密でも引きずり出そうとしている……そう思えるほど、スヴェインの指の動きは丹念で、執拗《しつよう》だった。

「はっ……や、やだっ」

「あの男より、あなたの師匠や兄弟子より……いいえ、他の誰より、あなたを深く知りたい。あなたとただ二人きり、分かち合える記憶をもっと持ちたい。この気持ちを、人の子は何と呼ぶのですか、マスター」

「や……し、知らな……いっ、ああっ」

カレルの体が大きく震え、ひときわ高い声がその唇から漏れた。片腕でカレルを縛めたまま、もう一方の手で、スヴェインがカレルの下腹に触れたのだ。湯の中で、スヴェインの長衣の袖がゆらゆらと動く。体じゅうのどこよりも敏感な部分をきつく握り込まれ、カレルは内腿《うちもも》が引き攣れるほど両脚を強張らせた。

「やっ、あ、は、ああっ」

スヴェインは口を噤み、カレルのまだ若木のような未成熟な茎を扱き始める。強すぎる刺激に、カレルの体は急激に昂《たか》ぶっていく。置き去りにされた心は、ただ恥じらい、戸惑い、狼狽えるばかりだ。

「こ……んな、こと……っ」

無論、十七歳にもなれば、自分で自分を慰めたことはある。だがスヴェインの大きな、大人の男の手は、自分のそれとは比べものにならないほど鮮烈な、激しい快感をカレルにもたらした。

じっとしていられなくてカレルが身をもがくたび、勢いよく湯が床に飛び散る。だが、

それを気にする余裕は、カレルは勿論、彼が腕の中で乱れるさまを凝視しているスヴェインにもない。

「ど……う、して、あ、あああっ……！」

初々しい少年の身体は、抗《あらが》うこともこらえることもできず、ただ真っ直ぐに、そしてあまりにも容易く上り詰める。カレルはスヴェインに抱きすくめられたまま、背中を弓なりに反らし、湯の中に熱を放った。

「はぁ……あ……う、ううっ……」

びくん、びくんと細い身体が震え、弛緩《しかん》していく。初めて他人の、しかも使役の手で極まってしまった衝撃に、カレルの目からは大粒の涙が零れた。

「ふ……う、ううっ、う」

「………」

我慢できずに啜り泣き始めたカレルに気付き、彼を抱いたまま放心していたスヴェインは、ハッと目を見開いた。少年の身体からそっと手を離し、信じられないと言いたげに一歩後ずさる。

「わたしは……何を」

呆然と見下ろした先には、自分自身を抱き締め、小さな身体をもっと小さくして泣き続けるカレルの痛々しい姿があった。服も両手もびしょ濡れなことに気づきもしない様子で、スヴェインは自分の口を覆った。それは嘔吐《おうと》をこらえるようでも、喉からこみ上げる言葉をせき止めるようでもあった。

「…………っ、う」

カレルは声をひそめ、抱え込んだ膝に顔を押し当てて泣き続ける。やがて、その波打つ痩せた背中に、スヴェインはそっと大きなタオルを掛けた。それだけのことで、カレルの肩がビクッと震える。

「そのままでは身体が冷えます、マスター。……わたしはお呼びがあるまで、外にいます。家の中には決して入りません。ですから……安心して休んでください」

消え入るような声でそう言い残し、スヴェインはよろめきながら外へ出て行く。扉が開閉した拍子に吹き込んできた冷たい夜の風を感じつつ、カレルはただ、嗚咽《おえつ》することしかできなかった……。

いったい、どうやって湯から上がり、寝間着に着替えたのか、まったく記憶がない。だがふと気付くと、カレルは工房のベッドで大きな枕を抱えて眠っていた。

「う……」

久しぶりに泣いたせいで、目の奥がジンジン痛み、瞼も頭も重い。どれほど眠ったのかわからないが、ほんの少し、気持ちは落ち着きを取りもどしていた。

亡き師匠が使っていた大きなベッドには、カレルひとりぼっちだった。

「……スヴェイン……まだ戻ってきてないんだ」

その名を呼ぶと、口の中に苦い味が広がるような気がする。カレルは枕を傍らに置き、ゆっくりと身を起こした。

思えば、アレッサンドロのベッドにひとりで眠ったのは、これが初めてだ。このベッドを使うことにした最初の夜からずっと、カレルは傍らにスヴェインの低い体温を感じ、彼の力強い腕の重さを感じながら眠りについていた。

だが、今は彼の姿は工房のどこにもない。

「…………」

耳を澄ませてみても、フクロウの声しか聞こえない。スヴェインはこれまで嘘をついたことがないから、きっと約束どおり、まだ外にいるのだろう。

「どうしろっていうんだよ。あんなこと言われて、あんなことされて……」

湯桶の中でそうしたように、カレルは半ば無意識に、毛布ごと両膝を抱え込んだ。膝の上に顎を載せ、小さな溜め息をつく。

『他の誰より、あなたを深く知りたい。あなたとただ二人きり、分かち合える記憶をもっと持ちたい』

そんな切なげなスヴェインの声が、脳裏に甦った。

二人で過ごした時間は、たったの四ヶ月足らずだ。だが、朝から晩までほぼ二人きりで過ごした日々は、カレルのこれまでの人生で、もっとも濃密な時間だった。

「おかしいよな、使役相手にさ」

カレルは、自嘲めいた呟きを漏らした。だが、人間であるアレッサンドロもロテールも、同居人でありながら、カレルからはうんと遠い存在だった。

同じ家の中にいてくれれば安心はできたが、二人とも、カレルの心を理解したり、互いの胸の内を見せたりする素振りはこれっぽっちもなかった。ロテールにとっては、カレルは単なる自分の後釜、そしてアレッサンドロにとっては出来の悪い、しかし下働きをさせるには十分な養子。それだけの存在だった。

だが、自分が生みだした人ならぬ身のスヴェインだけは、常にカレルに寄り添い、カレルの言葉に耳を傾け、カレルと喜怒哀楽を共にしてくれた。

花の苗が夏の日照りで枯れれば悲しみ、野菜がたわわに実れば収穫を楽しみ、収穫を荒らすカラスに憤り、そして新しい薬の調合に成功すれば手を取り合って喜び……。

実の家族と別れて以来、カレルにとってスヴェインは、いつしか初めて心を許せる存在、頼れる存在になっていた。

しかし、親か兄のようにスヴェインを慕っているのかといえば、違う。

「……そう。違うんだ」

カレルは小さく呟いた。

ずっと自分の気持ちの変化に、気付かないふりをしていた。いや、気付いても、それをどう解釈すればいいのか、どう行動するべきなのか、カレルにはわからなかったのだ。だから目を背けて、今のままの穏やかな日々が連綿と続いていけばいいと願っていた。

だが今夜、スヴェインもまた、カレルへの想いを理解できず、苦しんでいることを知った。彼の強い想いが暴走すればどうなるかも、身をもって知った。

「俺……ちゃんとしなきゃ」

昼間、テュスに「自分も魔法使いとして成長するし、スヴェインのことも立派な使役に育てる」と宣言した。その舌の根も乾かぬうちに、こんなところでメソメソ泣いているわけにはいかない。

それ以上に彼は主として、いや、スヴェインをこの世に生み出した人間として、スヴェインのすべてに責任を持たなくてはならない。どんなに困難な問題でも、背中を向けるわけにはいかないのだ。

「…………」

しばらく考え込んでいたカレルは、やがて意を決したように膝小僧から顔を上げた。そして、寝間着の上にローブを羽織ると、ベッドを降りてスリッパに足を突っ込んだ。

居間へ行くと、木桶は片付けられ、水浸しになっていたはずの床は綺麗に拭き上げられていた。カレルにそんなことをする気持ちの余裕はなかったので、その時だけ家に入り、スヴェインがしたのだろう。

「…………」

扉の前まで来て、カレルは一瞬躊躇った。

本当に、スヴェインと顔を合わせて平気でいられるのか。そんな迷いが胸を過ぎる。だが、目をつぶり、深呼吸を一つしてから、カレルは勢いよく扉を開けた。

カレルが思ったとおり、スヴェインは池の畔、大きな石に腰掛けて、丸い月を見上げていた。物音で振り返った彼は、カレルの姿を見ると、ゆっくりと立ち上がった。

「やっぱりここだった。お前、暇なときはよくそこにいるもんな」

声が震えないようにと祈りながら、カレルはできるだけ普段どおりの声でそう言った。

「マスター……」

スヴェインは、途方に暮れた声で、ただ一言呼びかける。月明かりに青白く照らされた美しい顔には、惑いと後悔、それに悲しみが満ちていた。

「いい。俺がそっちに行く」

カレルはそう言って、小さな池のぐるりを回って、スヴェインがさっきまで座っていた石に腰を下ろした。すべすべした石の表面は、夜の空気に触れて、軽く湿っている。

「言ったこと、あったたっけ。俺もチビの頃はよく、師匠に叱られたり杖でぶたれたりするたびに、夜中にここに来て泣いてた」

「あなたが……ここで?」

「うん。最初は、家族が恋しくて、帰りたくて泣いた。でもロテールに、お前を捨てた家族を想って何になるって言われて……ああそうか、俺にはもう、家族も帰るとこもないんだってわかった。泣かなくなったのは、そっからだ」

そう言って、カレルは自分の傍らを手のひらで軽く叩いた。その意図を察して、スヴェインは信じられないというように両腕を軽く広げた。

「わたしが隣に座ることを、許してくださるのですか?」

「……あんなことしないって、約束するんならな」

出来るだけ軽い口調で冗談めかして言おうとしたものの、カレルは声に合った表情を上手く作ることができない。スヴェインは優しい眉を軽くひそめ、痛そうな顔をしたが、それでもカレルの要求に背くつもりはないらしく、微妙な距離を空け、同じ石の上にそっと腰掛けた。

そんなスヴェインの姿をチラと見て、カレルは呆れ顔で言った。

「お前、びしょ濡れのままでいたのか。ええと……使役は、風邪とか……」

「わたしは大丈夫です。それより……あなたは」

さすがに自分の蛮行に言及することはできず、スヴェインは口ごもる。カレルも、無防備な裸身をいいように弄ばれたときの生々しい感触を思い出したのか、大きすぎるローブの中で身を震わせた。

「マスター、やはりわたしは……」

スヴェインは立ち上がろうとしたが、カレルは強い調子でそれを制止した。

「駄目だ！　ここにいろ」

「……はい」

心配そうに再び座り直したスヴェインのほうに身体を軽く向け、カレルはまず一言、ハッキリと言い放った。

「俺は、お前をどこかへやるとか、クビにするとか、そんなつもりはないから」

使役はいっぱいに目を見張り、月明かりの下で、カレルの表情を見極めようとする。

「あなたは、わたしをまだお傍に置いてくださるつもりですか？　あんなことをして、あなたを泣かせてしまった愚かなわたしを」

「……だって、仕方ないじゃないか」

絞り出すようにそう言ったカレルに、スヴェインは酷く傷ついた顔をする。

「あなたがわたしをお創りになったから、仕方がないと？」

だがカレルは、頭がもげるほど激しく首を横に振った。

「そうじゃない！　そうじゃなくて……。あんなことされても、お前にここに……俺と一緒にいてほしいんだから仕方ないんだ」

カレルの声は、さっき泣いた名残で幾分掠れ、湿っている。スヴェインは、信じられないという顔つきで絶句した。

「……マスター……」

「風呂ん中で、いっぱい泣いて、そんで寝て、起きて考えた。お前はさっき、自分の気持ちを俺にぶつけて、それが何か教えろって言った。俺だって十七年しか生きてないけど、四ヶ月のお前よかずっと年上だし、ご主人様なんだし。ちゃんと教えてやれなきゃ駄目だって思って、必死で考えた」

「……教えてくださるのですか？」

今度は静かに、カレルはかぶりを振った。

「無理だよ。俺の気持ちは俺にしか、お前の気持ちはお前にしか、ホントのところはわからない。けど……一つだけわかるのは、お前が俺のことを物凄く欲しがってるってことだ」

「……はい」

「その……俺の身体云々ってだけじゃなくて、テュスやロテールや師匠にまでヤキモチ焼くくらい、今ここにいる俺どころか、昔の俺までぜーんぶ欲しいくらい」

「わたしのあの憤りの理由を、人の子は『ヤキモチを焼く』と表現するのですか？」

スヴェインは背筋を真っ直ぐに伸ばし、両手の指を腿の上で組み合わせて、神妙な顔つきでカレルの言葉に耳を傾けている。大の男がしょぼくれ返っているのが可笑《おか》しくて、カレルはようやく口元に小さなえくぼを刻んだ。

「たぶんな。俺、実の親に『要らない子』として売られた人間だからさ。そんなふうに、誰かから欲しがってもらったことなんて、これまで一度もないんだ。だから……何だか凄くくすぐったいっていうか……いや、嬉しいよ、お前の気持ち」

「嬉しい？　でもあなたは泣いていたじゃないですか。とても嬉しいようには……」

狼狽えるスヴェインに、カレルは慌てて両手を振った。

「いや！　あれはまた別の話だ。……ただ、俺も、お前に対する自分の気持ち、ずっとよくわからなかった。お前は使役、俺はご主人様、別の生き物だ……そうお前にも自分にも言い聞かせて、これまでのままでいようとしてた。だけど……」

「だけど？」

「お前に触ったり触られたりするの、嫌じゃない。お前が俺と手を繋ぎたがるとき、ホントはいつだって、俺も繋ぎたいと思ってた。お前に抱き締められて眠るのも、嫌じゃないっていうか……どっちかってえと、好きだ」

「マスター、それは本当ですか？」

恥ずかしそうに告白するカレルに、スヴェインはパッと顔を輝かせる。だがその明るさはあっという間に翳《かげ》り、彼は長い睫毛《まつげ》を悲しそうに伏せた。

「けれど、さっき触れたとき、あなたは泣いた。わたしに触れられて嬉しいはずがない。人の子は、やはり嘘をつく生き物なのですか？」

「おい、ご主人様を、いちいち嘘つき呼ばわりすんな！　俺だって、何で泣いたのか、あんときはわかんなかったよ。だけど……ちょっと寝たおかげで、頭が冷えた。今なら、何となくわかる」

カレルは小さく肩を竦め、石の上で足をブラブラさせながら言葉を継いだ。

「お前が自分の気持ちばっかり叩き付けてきて、俺の気持ちをちっとも知ろうとせずに、無理矢理あんなことしたからだ」

「あ……」

「お前が俺を欲しけりゃ、俺の気持ちなんか関係なくあんなことするんだ。それって、俺のことはどうでもいいんじゃないのか。そう思ったら、悔しくて、悲しくて、惨めで……それであんなに泣いたんだ。……いや、たぶんビックリし過ぎたっていうのもあるんだけど。俺ばっかりあんなことされて、恥ずかしかったってのも」

カレルが照れくさそうにそう言うと、スヴェインはたちまち顔色を変えた。カレルのほうに少し近づき、熱っぽく彼の疑惑を否定しようとする。

「そんなことは！　あんな気持ちになったのは生まれて初めてなので、わたしも混乱していたのです。あなたのことがどうでもいいなんて、そんなはずがありません！」

「うん。わかってる。……お互い、変だったよな、今日」

「……はい」

二人の間に、沈黙が落ちる。だがそれは、昼間からずっと続いていたぎこちない静けさではなく、むしろ穏やかなものだった。

しばらく白い月を見上げていたカレルは、ぽつりと言った。

「お前が俺を欲しいのって……さっきみたいなことしたいような『欲しい』なのか?」

その問いかけに、スヴェインのほうはカレルを真っ直ぐに見て頷いた。

「はい。あなたのことを、昔も今もこの先も、頭の先からつま先まで、とにかくすべてをわたしだけのものにしたい。……そんな衝動に、ずっと苛まれています」

あまりにも正直で熱烈な告白に、カレルは目を白黒させながらも駄目押しをする。

「それって、俺が好きってこと?」

「ああ……。これが、人の子が『好き』と表現する気持ちなのですか?」

「普通の『好き』より全然強烈だと思うけど……でも、誰かが誰かをそんなに欲しがるのは、相手のことが好きだからだろ」

戸惑いながらもカレルが言った言葉に、スヴェインもようやく相好を崩す。好き、と何度か口の中で呟いてから、彼はカレルに澄み切った瞳を向けた。

「では、わたしはあなたのことがとても『好き』です。あなたは?」

カレルは、少し困った顔で、それでもスヴェインの瞳をきちんと見返して答えた。

「俺さ。師匠が死んでひとりぼっちになって、寂しくて仕方がなくて……いつだって傍にいて、話を聞いてくれる奴がいたらいいのに。そう思ってお前を創ったんだ。恥ずかしいから、これまで言わなかったけどさ」

「……マスター……」

「お前が出来て、一緒に暮らすようになって……毎日、凄く楽しいんだ。俺も、お前が好きだよ。もう、お前がいない暮らしとか、考えられない。だけど俺、人付き合いがほとんどないし、友達もいない。お前のこと好きだけど、誰かを好きになり慣れてないから、自分がどんなふうにお前を好きなのか、まだわからないんだ。家族の『好き』なのか、友達の『好き』なのか……それとも、お前が言うような、心も体も欲しがるような『好き』なのか、もっとちゃんと考えてみなきゃわからない」

「考えてみてくださいますか？」

「……うん」

　カレルは子供のようにこっくり頷くと、しんみりと笑った。

「使役のお前がこんなに……煮詰まって爆発するくらい考えまくってるのに、ご主人様の俺が逃げてちゃ駄目だよな。……ちゃんとする。だから、もうちょっと待ってくれよ。ただ、これだけはハッキリさせときたい」

　そこで言葉を切ると、カレルはスヴェインに身を寄せた。スヴェインのまだ湿った寝間着の腕に、カレルの腕がピッタリと触れ合う。

「マスター、あなたまで濡れてしまいますよ」

「いい。……ほら、お前に触るのも触られるのも、嫌じゃない。だから……今夜のことは、お互い忘れられるわけはないけど、気にすんな。いや気にしてもいいけど、いちいちそれを持ち出してクヨクヨすんなよ。な？」

いかにもカレルらしい素朴な慰めと励ましに、スヴェインも頷く。

「わかりました。ですが、わたしもお約束します。同じ過ちはもう繰り返しません。自分勝手に求めるあまりに、あなたを泣かせてしまうのは、二度とごめんです。……あの涙には、胸を素手で抉《えぐ》られる思いでした」

そんな誓いの言葉と同時に、スヴェインの腕が遠慮がちにカレルの肩に回される。カレルは自分の手で、そんなスヴェインの迷いがちな手をグイと引き、自分の二の腕までしっかりと回した。

あれほどギクシャクしていた半日は何だったのかというほど、今は互いの気持ちが近づいているのがわかる。冴え冴えとした月の光さえ、さっきより優しさを増した気がした。

「！」

だが、スヴェインは不意にカレルから腕を離し、立ち上がった。カレルは驚いてスヴェインの顔を見上げる。

「どうした？」

スヴェインは答えずに、セトの村が一望できる木立の合間へと歩いていく。急に強く吹き始めた風に、スヴェインの長衣の裾がバサバサと音を立てた。

「スヴェイン？」

訝しみつつも、カレルはスヴェインの傍らに立った。するとスヴェインは、さっきまでの甘さはどこへやら、引き締まった顔つきで森のほうを指さした。

「森がどうかしたか？」

不思議そうなカレルの顔を見て、スヴェインは予言者のように厳しい声で告げた。

「あそこで、何か穏やかならぬことが起きているようです。夜が明けたらすぐに、村長に会いに行ったほうがいい」

「森で？　どうして村長？　っていうか、何でそんなことわかるんだ、お前」

スヴェインの言葉の意味がさっぱりわからないカレルは、困惑するばかりだ。だがスヴェインは、どこか悲しげに目を逸らし、静かに答えた。

「さあ。森の土に縁があるからでしょうか。……とにかく、あそこで何が起こっているのか、あなたは知っておいたほうがいい。そんな気がします」

「なんかよくわかんないけど……でも、わかった。お前がそう言うなら、そうする」

「ありがとうございます。ではもう休みましょう。わたしはあなたの元のお部屋ででも」

いくら許されたとはいえ、さっきのことをまだ引きずっているのだろう。スヴェインはカレルと同じ寝床に入ることを躊躇う。だが、そんなスヴェインの手をグイと握って、カレルは照れくさそうに言った。

「そんな変な遠慮すんな。嫌じゃないって言ったろ?」

「マスター……」

「でも、いきなりあんな乱暴なのは、絶対になしな。……俺、ちゃんと考えてみるから。お前のことも、俺のことも。だから時間をくれよ」

「……はい」

心底嬉しそうに微笑んで、スヴェインはカレルの手をやわらかく握り返す。二人は互いの存在を慈しむように自然と寄り添い、彼らの家へと入っていった……。

五章　本当の君

翌朝、カレルはスヴェインを伴い、村へ行った。村長の公邸を訪ねるので、ローブにはきちんとブラシを掛け、古ぼけた革ブーツを磨き、アレッサンドロから受け継いだ長い杖を携えている。

だが、村長の屋敷で取り次ぎに出て来た男は、「村長は昨日から留守だ」と言い、どこへ行ったか、何をしているのかとカレルが訊ねても、一言も答えてはくれなかった。

「何か変だな……」

カレルは首を捻りながら、村長の公邸を辞し、すぐ前の広場に出た。そこでもまた、カレルたちは不思議な光景を目の当たりにした。

広場では毎朝、様々な商品を扱う市が立つ。特に秋は、農作物や冬用の毛織り物の露店が増え、一年でもっとも活気に満ちているのが例年のことだ。

だが今日は、広場の露店は数えるほどで、店番をしているのは老人ばかりだ。しかも、客の姿がほとんど見えない。

「おっかしいな。こんなに人がいないなんて、いったい何があったんだ」

誰かに事情を訊こうと周囲を見回しても、いつもはもう営業を始めているはずの店が、すべて扉を閉ざしたままだ。まるで突然、村がゴーストタウンになったようだった。

「誰もいませんね、マスター」

スヴェインは何の感慨もなさそうにそう言ったが、カレルのほうは酷く不安な気持ちになってくる。

そのとき、背後から少女独特の甲高い声が聞こえた。

「あっ、魔法使い様だ。おはよう」

振り返ると、閉めたままの商店の裏木戸から、お下げ髪の少女がひとり出てくるところだった。

その顔に見覚えがあったカレルは、数秒考えてから「ああ」と声を上げ、笑顔を見せた。

それは数ヶ月前、友情のアミュレットを作ってくれと、友達と一緒に工房を訪ねてきた少女だったのだ。

「ああ、えっと……クレアだっけ？　おはよう。今から学校か？」

「うん、そう」

クレアはあの日持っていたのと同じ布製のバッグを軽く持ち上げてみせる。

「友達とは仲良くやってるか？」

カレルが訊ねると、クレアは元気よく頷き、ブラウスの襟《えり》元から小さな布袋を引っ張り出してみせた。

「ホリーも元気。これのおかげで、とってもなかよしよ」

自分の作った素朴な護符を、二人の少女は大事に首から提げてくれているらしい。それを嬉しく思いつつ、カレルは広場を後ろ手で指さした。

「そりゃよかった。あのさ。それはそうと、今日、やけに村に人が少ないみたいだけど。何かあったのか？」

するとクレアは、こともなげにこう答えた。

「だってみんな、昨日から森へ行ってるもの。うちのお父さんもお母さんも行ってるわ。夜通しの仕事だって言ってたんだって。だからまだ帰ってない」

「森へ？」

カレルはスヴェインと顔を見合わせてから、クレアの前に軽く身を屈めた。

「いったいみんな、何しに森へ行ったか知らないか？」

するとクレアは、困った顔でかぶりを振った。

「知らない。昨日ね、あたしたちが学校へ行くとき、お父さんとお母さんは村長さんのお屋敷に呼ばれてるって言ってたわ。他の子たちの親もそう。お家に帰ったら、もう二人ともいなかった」

「そっか。あれ、でも、二人ともまだ帰ってきてないんだろ？　まさか、家に子供だけ？」

心配そうなカレルにクレアが答えようとしたとき、再び裏木戸が開き、年老いた女性が顰《しか》めっ面で声を掛けてきた。

「クレア、学校に遅れるよ」

「はあい。じゃあね！」

クレアは笑顔で手を振り、駆け去っていく。カレルはそんなクレアに手を振り返してから、クレアの祖母とおぼしき女性に事情を聞こうとした。だが女性は、カレルと目が合うとさっと顔色を変え、年齢からは想像もできないような素早さで扉を閉める。

「どうやら、あなたが魔法使いと気付いて慌てたようですね」

スヴェインは静かに言った。カレルも訝しげに頷く。

女性と面識はないが、相手のほうは灰色のローブを一目見れば、カレルが魔法使いであることが容易に知れる。スヴェインの言うとおり、彼女はカレルの正体を知って、あからさまに「話したくない」という意思表示をしてみせたのだ。

「何かが妙だな、スヴェイン。クレアの話によりゃ、昨日の朝、村長の家に村人たちが集められた。で、午後にみんな森に出かけて行って、まだ帰らない。それも、男ばかりじゃない。女も……ってことだよな」

「ええ。どうやらここに残っている村人は、老人と子供ばかりのようです」

平然と頷くスヴェインに、カレルは顰めっ面を向けた。

「お前、森で何が起きてるのか、もしかしてハッキリわかってるんじゃ……。その、昨夜言ってたみたく、森の土が材料って繋がりで」

だがスヴェインは森のほうに顔を向け、どこか物憂い表情で言った。

「とにかく、ご自分の目で確かめたほうがいいと思います」

「う……そ、それもそうだな！　よし、森へ行ってみよう。何だか嫌な予感がする」

「はい」

不穏な胸騒ぎに突き動かされ、カレルは森に向かって駆け出した。その後ろ姿を追いかけるスヴェインの瞳には、どこか悲しみに似た色が漂っていた……。


「どこだ……？　みんな、どこにいる？」

森の入り口付近には、人の姿はなかった。ただ遠くから、何か固いものを打つような鋭い音が響いてくる。

「何だろ、この音？」

カレルは首を傾げたが、スヴェインはいつになく陰鬱な面持ちをして、カレルの問いかけにも答えない。その態度を不審に思いつつも、カレルは音の聞こえる森の奥へと歩みを進めた。

最初のうちは馬車が通れる広い道を行ったが、途中で、灌木《かんぼく》を払って造った真新しく細い道が見つかった。踏みつけられた雑草もまだ枯れてはいない。耳を澄ませてみると、くだんの音は、その道が伸びる方角から聞こえてくるようだ。

「村の連中が、昨日切り拓《ひら》いた道みたいだな。よし、こっちへ行こう」

スヴェインは頷き、二人は無言のまま、まだ青臭い草の匂いが漂う小径《こみち》を急いだ。やがて、物音が反響を帯びて大きく響くようになり、そこに時折、人間の怒鳴り声や気合いが混じり合って聞こえ始めた。

（この先か……！）

もう小一時間、小走りに駆け通しである。吐く息には、軽く血の味がした。それでもカレルは、更に歩みを速めた。スヴェインは、そんなカレルの背中を痛ましげに見つめつつ、呼吸すら乱さずに平然と追走しているのだが、幸か不幸か、カレルにはスヴェインの表情の奇妙さについて思いを巡らせる余裕がない。

やがて、木立の向こうに見えたものに、カレルはつんのめるように足を止めた。スヴェインも、カレルの傍らで低く呻く。

「……なんともはや」

その声も耳に入らない様子で、カレルは目前の光景に釘付けになっている。

彼らの前にそびえ立っているのは、小山のような巨大な岩だった。そして村人たちがよってたかってその岩に太い鉄の楔《くさび》を打ち込み、岩を大きな固まりに割っているのだ。大岩の上には、カレルが顔見知りの石工の頭領が立ち、村人たちを指揮している。

石割りには参加できない女たちも、小さめの岩を畚《ふご》に乗せ、四人一組で懸命に運んでいる。大岩の横には、砕かれた岩で新しい山が築かれていた。

さっきからずっと聞こえていた物音は、大岩にハンマーで楔を打ち込む音だったのだ。おそらく、昼夜を問わず、交替で突貫工事を続けていたのだろう。大岩は、大人数の人々によって割られ、砕かれて、かなり形が変わってしまっている。

「ここ……まだちっちゃい頃に一度だけ、師匠に連れられて来たことがある。薬草摘みのついでに、教えておくことがあるからって」

スヴェインに説明しているというより、脳裏に甦る遠い記憶をただ言葉に乗せているような口調で、カレルは言った。けたたましい物音に打ち消されがちなその声を、スヴェインは長身を屈めて聞き取ろうとする。

「先代の魔法使いのことですね？　アレッサンドロという名の」

耳元で問われ、カレルはこっくりと頷いた。

「あんまりでっかい岩でビックリしてたら、師匠は、『この下には竜が眠っておる』って言った。……何百年も前、遠い遠い火の山から飛んで来て、このあたりを燃やし尽くそうとした竜を、師匠のずっとずっとずーっと昔にこの辺りに住んでた魔法使いたちと、大地の精霊が力を合わせて土の下に追い詰めて、この大岩で封印したんだって」

「……はい」

スヴェインはやはり最低限の相づちで、カレルの話に耳を傾けている。スヴェインの柔らかな灰色の髪が頰に当たるのを感じながら、カレルは語気を強めた。

「師匠は偏屈だったし、気に入らないことがあるとすぐに怒鳴ったり暴力をふるったりしたけど、俺がガキの頃から、嘘をついたことだけはない。だから……師匠があの下に竜がいるってわざわざ俺に教えたのは、それがホントで、大事なことだからだ」

カレルは、無残に破壊され、幼い頃に見たときとはすっかり様相の変わってしまった哀れな大岩を見上げ、唇を嚙んだ。

「あの大岩が封印なら、絶対に壊しちゃいけない！　くそ、師匠がそんな大事な話を、俺だけにしてるわけがない。村長だって、きっと聞いてたはずだ。なのに、どうしてあんなことを！」

カレルは狂おしく視線を巡らせた。すると大岩から少し離れたところで、休息を摂っている村人たちの一群がおり、その中に村長の姿が見える。

「村長っ！」

カレルはローブの裾を翻し、村長のほうへ駆け寄った。

砕いた岩の一つに腰掛け、満足げな顔つきで作業を眺めつつ休憩していた村長は、カレルの姿を見て「しまった」という顔つきをした。他の村人たちも、決まり悪そうにカレルから目を逸らす。

「いったいどういうことなんだよ、これはっ」

カレルは憤慨して村長に詰め寄った。ブカブカのローブの袖から半分だけ見える拳は、関節が白くなるほど硬く握り締められている。

「この大岩がどんなもんか、あんた、うちの師匠から聞いて知ってたんだろ？」

もう七十歳を過ぎた村長は、苦々しい顔で頷いた。そのいつもは綺麗に整えられている白髪は乱れ、顔も上等の服も、他の村人たちと同じようにドロドロに汚れている。おそらく彼までも、夜っぴて作業に参加していたのだろう。

「無論、聞き知っておる。だが、そんなものは、この神々しいまでに巨大な岩を見た昔の人間が作ったおとぎ話だろう。アレッサンドロは、自然への畏敬《いけい》の念を忘れぬよう、敢えてそんな他愛ない話をわしにしたに違いない」

嗄れた声で、村長はそう嘯《うそぶ》く。村人たちも、口々に同意の言葉を口にした。カレルはカッとして言い返す。

「師匠が、ただのおとぎ話なんかわざわざあんたに話すもんか！　あれは絶対、本当の話なんだ！　この岩の下には、きっと竜が眠ってる！」

「お前がそう言い張るであろうと思うたからこそ、昨日、お前には秘密で村人を集め、皆で相談し、こうすることに決めたのだ。この上はもう、お前が口を出すようなことではないぞ、魔法使い」

地団駄を踏まんばかりのカレルに対して、村長はほんの少し後ろめたそうに、けれど威厳を保って言い返してくる。カレルも負けじと言い返した。

「いったい全体、何のためにこんなことをしてるんだよ？　村じゅう、男も女も総動員じゃないか。これまでずっと誰も手を着けなかったこの大岩に、何だって今になって、こんな酷いことを？」

すると村長は、首から掛けたタオルで汚れた顔を拭《ぬぐ》いながら、周囲の村人たちを見回して言った。

「領主様より、お触れがあったのだ」

「……あ」

それを聞いて、カレルはハッとした。昨日、テュスがそんな話をしていったことを思い出したのだ。

「もしかして、領主様の別邸を建て替えるって話？」

「知っておったか」

「この村に供出せよって命じられたのは、二十日以内に荷馬車百台分の石材だ。荷馬車百台分だぞ？　しかも、石切場は村から馬で五日かかる。そんな場所まで石を切りに出て、少しずつ馬車で運んで……。とても間に合いやしねえ。だが、期日を違えりゃ、きっと領主様から罰として、重い税を課せられるに決まってる」

「おまけに、この収穫期に、石切りにかかりっきりになるわけにもいかねえ。そこで、村長が思いついたのよ。この岩なら、切り崩せば荷馬車百台分にはなるだろう。村じゅう総出で頑張りゃ、一週間もあれば言いつけどおりの石材が用意できるってな」

村長の両側に座った屈強な男たちが、挑戦的な視線をカレルに向けつつ、村長の代わりに状況を説明する。

「そういうことだったのか……」

「カレル。我らとて、アレッサンドロの言葉を軽んじたいわけではない。彼は長年、村のために尽くし、数々の厄災から我らを救ってくれた。それは、村の誰よりわしがよく知っておる。だが、石材調達のせいで収穫の時期を逃せば、村人全員が飢える。かといって石材を用意できねば、必ずや過酷な罰が下る。こうするより他ないのだ。聞き分けてくれ。そして、村のただ一人の魔法使いであるお前を蔑《ないがし》ろにしたことは詫《わ》びる。このとおりだ」

村長は、たかだか十七歳の若造に、深く頭を下げようとする。

「ちょ……そ、そんなことしてほしいんじゃないよ、俺は！」

カレルは慌てて村長の両肩を摑み、制止する。だが、カレルが村長に謝罪を強いたと感じたのだろう。休憩していた若者の一人が立ち上がり、シャツを脱いだ半裸の肩を怒らせ、尖った声を上げた。

「おいおい、お高くとまってんじゃねえよ、魔法使い様よぉ。だいたいお前、竜を見たことがあんのか？」

「そ……それは……」

カレルはぐっと言葉に詰まる。それを見て、他の若者たちも口々にカレルに詰め寄った。

「見たこともないものをいるいるって騒ぎ立てに、わざわざこんなとこまで押しかけて来たのかよ」

「この大岩がそんなに大事なんなら、あんたがありがたい魔法の力とやらで、石切場からでっけえ石を荷馬車百台分、切り出してきてくれりゃいいんだ。それこそ、空とかびゅーんと飛ばしてよ」

嘲《あざけ》るような口調とおどけた手振りに、村人たちがどっと湧いた。

「そうだとも。俺たちに楽させてくれりゃ、俺たちだってこんな岩を割らずに済むんだぜ」

「まあ、あの爺さんならともかく、こんなちびっ子にゃ無理だろうな、そんな芸当は。何もできねえんなら、引っ込んでな！」

「何だと！」

口々に悪態をつかれ、嘲られて、カレルはさすがに腹を立て、彼らに言い返してやろうと一歩前に踏み出した。だが、背後からその肩を摑んで制止したのは、スヴェインだった。

「おやめなさい、マスター。あなたが相手をしてやる価値などない者たちです」

「止めるなよ！　このままにしとくわけには……っ」

スヴェインの手を振り払おうとしたカレルは、ギョッとした。村人たちに向けられたスヴェインの眼差しが、氷のように冷ややかだったのだ。それはカレルが初めて見る、スヴェインの「敵意」だった。しかもその全身からは、ゾッと肝が冷えるような殺気が立ち上っている。

「スヴェイン……？」

本能的な恐怖で、カレルは頬を引き攣らせた。スヴェインは、そんなカレルを自分のほうに引き寄せると、静かだが怒りに満ちた声音で告げた。

「目先の欲で封印を破壊し、あまつさえ我が主を愚弄《ぐろう》した人間たちは、まもなくその報いを受けることになります。あなたがそれにつき合う必要はありません。さあ、帰りましょう、マスター」

「何だと!?　この異国人のズルズル野郎。ヘナチョコ魔法使いの弟子のくせに、てめえまで偉そうなことを言いやがって！」

スヴェインの、普段の彼からは想像もつかないような高圧的な物言いに、血気盛んな若者たちは色めき立つ。村長は彼らを宥めようとしたが、昨日からろくに休息をとっていない彼らは、疲労で不穏な精神状態にあるのだろう。村長の言葉など、耳に入らない様子だ。

「おい、こいつらやっちまおうか」

「どうせ、魔法使い様はよーく効く薬を作れるんだろう？　ちょっとやそっと痛めつけたくらいじゃや、死なねえよな」

そんな物騒なことを口々に言いながら、若者たちはジリジリとカレルとスヴェインに近づいてくる。カレルは反射的に両腕をいっぱいに広げ、スヴェインを庇《かば》った。

「やめろ！　そんなこと言ってる場合じゃねえ！　とにかく、何も起こらないうちに、岩を壊すのはやめるんだ。確かに、俺は竜を見たことはない。師匠だって、きっとなかったと思う。だけど、長い年月、言い伝えられてきたことは大事に守らなきゃいけないって、師匠が……うわッ」

必死で村人たちを説得しようとしていたカレルは、思わず驚きの声を上げた。地面が、大きく一度、弾むように揺れたのだ。よろめいたカレルを、スヴェインが素早く抱き留める。村人たちも皆、バランスを崩してどよめいた。

ゴゴゴゴゴゴオオオオオオッ……！

そのとき、凄まじい地鳴りがして、一同はピタリと口を噤み、動きを止めた。

「な……何だ……!?」

互いに顔を見合わせたその直後。今度は地面が激しく揺れたかと思うと、轟音《ごうおん》と共に大岩が爆発した。

「うわああッ！」

バラバラになったとはいえまだまだ大きな岩の欠片が、文字どおり四方八方に飛散する。

岩のつぶてが地面に激突する凄まじい音に、逃げ惑う村人たちの悲鳴が交錯する中、スヴェインはみずからの身体でカレルを庇い、地面に伏せた。カレルの長い杖が、乾いた音を立てて地面に転がる。

「スヴェイン、お前、危な……っ」

「わたしは大丈夫です。じっとしていてください、マスター」

スヴェインの声は、常と変わらず落ち着き払っている。突然の大惨事に動転していたカレルも、スヴェインの広い胸に守られ、ほんの少し冷静さを取り戻した。

「も……もしかして、これ」

「封印である大岩を損ねれば、竜が目覚める。当たり前のことです。ただし、急に眠りを破られたので、まだ寝ぼけているようですが。……いつぞやのわたしのように」

「スヴェイン……？　お前、何でそんなことがわかるんだ？」

カレルはスヴェインの言葉に違和感を覚え、彼の腕の中から抜け出そうとする。だが、ようやく岩の飛散が止んだと思った途端、今度は再び凄まじい地鳴りと共に目の前の地面がみるみる盛り上がり……そして、割れた。

「竜が……出てくるのかっ⁉」

カレルの上擦った声に、スヴェインは主を安全な場所へ退避させせつつ頷く。

「ええ。ですが、まだ寝返りのようなものです」

彼がそう言い終わるか終わらないかのうちに、クレバスのように大きく裂けた地面から、もうもうと上がる土煙を伴い、赤銅色の巨大な物体がせり上がってきた。

「これは……これが、竜の胴体!?」

スヴェインにしっかりと抱え込まれたまま、カレルは息を呑んだ。

カレルの顔ほどもある大きな、見るからに固そうなウロコにびっしり覆われた体表、そこから突き出す円錐状の鋭い棘……。周囲には、ムッとするような生臭い臭気が漂い始める。

さらにメキメキと地面に亀裂が走り、森の大木があちこちでゆっくりと倒れていく。姿を現したのは、竜の頭部の一部だった。

まだ下顎は地中に埋めたままだが、巨大なトカゲを思わせる竜の頭は鎧《よろい》のような固い皮膚で覆われていた。目は閉ざされているものの、半開きの口からはゾロリと鋭利な牙が並んでいるのが見える。カレルなど、一口でパクリと食われてしまいそうな大きさだ。

竜が巻き上げた土煙が空を覆い、さっきまで明るく光っていた太陽は、黄色い靄《もや》に隠されてしまった。そのせいで、真昼だというのに、辺りはどんよりと暗い。

「竜だ！」

「ほ……本物の竜だ……っ！」

パニックに陥った村人たちの口から、恐怖と驚きの悲鳴が上がる。カレルは、背中に感じるスヴェインの温もりでどうにか正気を保ちつつ、目前でゆっくりと蠢《うごめ》く巨大なものに呆然と呟いた。

「信じられないくらいでっかい。これが……竜……」

「ええ。古《いにしえ》の人間たちが、みずからの命を捧げ、祈りを込めて鎮め、眠らせた竜です。生き残った人間たちは、決して忘れず語り継ぎ、この封印を永遠に守ると誓ったにもかかわらず……その誓いは守られなかったようですね」

悲しみと憤り、そして蔑《さげす》みのこもったスヴェインの声に、カレルは竜への恐怖を一瞬忘れて振り返った。

「スヴェイン、どうしてそんなことを……あっ！」

たかだか四ヶ月前にこの世に生まれたばかりのスヴェインが、何故そんな昔のことを見て来たように語るのか……そんなカレルの疑問は、投げかけられるチャンスを失った。

さっき手から離れてしまったカレルの杖は、幸い、竜の作った巨大な地割れに落ち込むことなく、地面に転がっている。その杖のすぐ近くに青い魔法陣が浮かび上がったと思うと、その中央から、黒いローブを纏った長身の男が姿を現したのだ。それは、カレルの兄弟子、ロテールだった。

「ロテール！」

カレルはスヴェインの腕から抜け出し、ロテールの元へ駆け寄った。足元の杖を拾い上げてカレルに手渡しながら、ロテールはすぐ目の前にある竜の姿に、普段のポーカーフェイスはどこへやら、驚愕を露わにした。

「アレッサンドロ遺愛の杖が、わたしの杖を呼んだ。それゆえ駆けつけてみれば、これはいったいどうしたことだ！」

「村の人達が、石材にするために封印の大岩を割ったんだ。そうしたら……竜が」

「なんと……。アレッサンドロの話は、やはり本当だったか。とはいえ、想像していたよりずっと大きな竜だ。これならば、かつてこの国を滅ぼしかけたという話も、あながち誇張ではあるまい」

彼も、アレッサンドロから竜の封印の話は聞いていたらしい。カレルの話に、呻くようにそう言った。だが、さすが兄弟子と言うべきか、周囲の状況を素早く観察し、竜がまだ本格的に目覚めてはいないことを見てとると、毅然《きぜん》とした態度でカレルに命じた。

「とにかく、村人たちを早く逃がせ。ここは我々で何とかせねばならん」

「わ……わかった！」

　カレルも、頼もしい兄弟子の態度にようやく落ち着きを取り戻し、村長の姿を捜した。

幸い、村長は雨のように降り注いだ岩の欠片にあまり当たらずに済んだらしい。頭から軽く出血していたものの、他の村人たちに支えられ、どうにか立っていた。

「村長！」

「カレル……おお、わしは何ということをしてしまったのだ。アレッサンドロの話は……あれは、まことであったのか。このような巨大な竜が現れるとは……」

「終わりだ。あいつが目を開いたら、俺たちはもう終わりなんだ……」

　さっきまでカレルを嘲っていた若者たちも、皆、恐怖に顔を引き歪め、ただ怯えて放心しているばかりだ。

「んなこと、反省してる場合じゃないだろ！　とにかく、みんなをまとめてここから逃げてくれよ。師匠は、あいつは火を噴く竜だって言ってた。村が危ない。いや、下手するとこの国全体がヤバイんだ。ここは、ロテールと俺で何とかする」

「あ……ああ」

　一瞬で十歳も二十歳も老け込んだように見える村長は、愕然としながらも、カレルの言葉に小さく頷く。相手が動揺していればいるほど、カレルの心は冷静になっていった。

「ここがこれだけ揺れたんだ、村に残ったみんなだって、きっと怖い思いをしたはずだ。

すぐに村に帰って、子供や年寄りを連れて、安全な場所に行くんだ。どこか……そうだ、氷室がいい。あそこなら、たとえ竜に村を焼かれたって、みんなの命は助かるはず」

「ああ……ああ、わかった。氷室だな。あそこなら、村の皆が避難できよう。我らで水と食料を急ぎ運べば、数日は隠れることができる」

カレルと話すうち、ようやくいつもの威厳やリーダーシップを取り戻した村長は、あちらこちらにへたり込んだ村人たちに、素早く退避の指示を出す。若者たちが中心となって怪我人を支え、皆、怯えながらも協力しあって、村へと戻り始める。

「カレル、ロテール……。アレッサンドロの話を信じず、こんな大それたことをしてしまった我らが、先に逃げることはすまなく思っておる。だが、こうなってしまっては、魔法使いの力だけが頼りだ」

村長は震える声でそう言い、カレルのローブの袖を摑んだ。カレルは、村長のわななく手を、自分の手でポンと叩いた。

「何ができるかわかんないけど、頑張るから。とにかく、あんたたちは一秒でも早く村に戻ってくれよ。な？」

「……すまねえ」

根は善良な性格なのだろう。さっきカレルに暴言を投げつけた若者のひとりが、いかにも後ろめたそうに短く謝ると、村長を抱えて避難の列へと加わる。村人たちが皆、森から退避を始めたのを確認すると、カレルはロテールのもとに走って戻った。

ロテールは、未だ覚醒《かくせい》しておらず、半ば土中に埋もれたままの巨大な竜を前にして、厳しい顔で立っていた。カレルは、ロテールの傍らに立ち、恐怖に震えそうな足を励まして、竜の顔を見た。

「見ろ。……まだ眠っていてさえ、火を吐いている」

ロテールは、静かな声で言った。なるほど、近くに立ってみると、鼻の穴や半開きの口から噴き出される呼気は、焼け付くほど熱い。外に向かってはみ出した牙の間からは、チロチロと炎が噴き出していた。

「ロテール、こいつをどうやって鎮めるんだ？」

カレルは不安と期待の入り交じった声で兄弟子に問いかけた。自分と違い、師匠から大いに目を掛けられていたロテールなら、この竜を何とかできるかもしれない。そんな縋るような思いだったのだが、ロテールは静かな息を吐き、こう言った。

「封印だった大岩は、完全に失われてしまった。竜を鎮める術を伝え聞いてはいるが、それをわたしに教えたアレッサンドロでさえ、実際に竜を見たことはなかったのだ。……正直、どこまで通用するかはわからぬが、やってみなくては仕方があるまい」

まるで他人事のようにあっさりそう言ったロテールは、すっかりいつもどおりのポーカーフェイスでカレルを見、そして視線を少し離れたところに立つスヴェインに向けた。

「カレル。まだ逃げていない者がいる。あれは？」

「ああ、あれはスヴェイン。俺の使役なんだ。詳しく説明してる暇ないけど、俺が土くれから創った」

「……お前が？」

疑わしげな視線で二人を見比べたロテールは、カレルの肩をスヴェインのほうへ押しやった。

「ではとにかく、その者と共にいなさい。お前がここにいても、やれることはない。むしろ邪魔だ」

「わかった。……頑張って」

意地を張ってロテールの傍にいても何の役にも立てないことは、カレル自身がいちばんよくわかっている。兄弟子のローブにそっと触れて健闘を祈ると、カレルはスヴェインのところに駆けていった。

「…………」

スヴェインはカレルの肩に手を置いただけで、何も言わない。カレルも無言のままで、ロテールと未だ目覚めない竜を見守った。

「………」

すっくと立ったロテールは、右手に持った杖の先端で強く地面を突いた。そうして自身を取り巻く空気をみずからの魔力で清めてから、よく通る声で呪文を唱え始める。

『いと遠き昔、遥か彼方の火の山、その煮えたぎる溶岩より生まれ出でし火の竜よ。我らが森へ飛来し、その猛《たけ》き火もてすべてを焼き尽くし……』

魔法使いが怪物や妖魔を鎮めるときには、往々にして「褒め殺し」の呪文を用いる。まともに戦って勝てない相手は、とにかく讃《たた》えることでいい心持ちになってもらい、怒りや悪い心を和らげてもらう……というのが、古の魔法使いたちが経験から編み出した方法であるらしい。

今も、ロテールはかつてのこの竜の活躍を賛美する詩を、古い言葉で滔々《とうとう》と諳んじている。

(寝ぼけてる竜にも、褒め殺しって効くのかな……)

カレルは無意識のうちに、肩に置かれたスヴェインの手に、自分の手を重ねていた。それだけの接触で、心がずいぶん落ち着くのがわかる。だが、ようやく元に戻りかけていたカレルの鼓動は、すぐに再び最高速度に跳ね上がった。

グルル………。

またもや地鳴りかと思われるほど、低く大きな唸り声を漏らしたと思うと、竜が薄目を開けたのだ。金色に光る目が、ジロリとロテールを見る。

「……！」

固唾《かたず》を呑んで見守っていたカレルは、竜が再び瞼を閉じたのを見て、ホッと胸を撫で下ろした。だが、次の瞬間、それまで地面にぐんにゃりと伸びていた竜の長く太い尾の先端が、凄まじい勢いで風を切った。

「ロテールッ！」

カレルの声が悲鳴に変わる。棘だらけの尻尾の先端で、ロテールはまるで木の葉のように容易く吹っ飛ばされ、大樹の幹に激しくぶつかって地面にくずおれる。カレルは、引き留めようとしたスヴェインの手を振りきり、ロテールに駆け寄った。

「ロテール！　しっかりしてくれよ！」

地面に座り込んだカレルは、ロテールを両腕で抱き起こす。頭に添えた手が、流れる血でぬるりとした。地面に落ちたときに擦り剝いたのか、血だらけの頬を歪め、ロテールは苦しげに呻いた。血の気のない唇の端からも、鮮血が糸のように滴っている。

「竜は……まだ目覚めていない……か？」

カレルはロテールの上半身を膝に抱いたまま、竜を見た。あの強い光を放つ金色の瞳は再び閉ざされ、尻尾も今は地面にダラリと垂れている。

「大丈夫だよ。まだ眠ってる」

早口で囁いたカレルに、ロテールは切迫した浅い呼吸をしながら、微かな声で言った。

「使役を連れて、逃げろ。あれは、我々だけではとても歯が立たない相手だ。逃げて、もっと経験豊かな他の地の魔法使いに助けを求めるんだ」

「そんな暇、ないよ！　あいつ、さっき目を開いたもん。絶対、もうすぐ目を覚ます。あいつ、何百年も前、火を噴いてこのあたりを焼き払ったんだろ？」

「伝説では……な。そしておそらく、それは……くっ、真実、なのだろう」

ロテールは苦痛に喘《あえ》ぎつつも、どこか落ち着いた声で言った。

「それでも、わたしより不出来なお前に何ができる。逃げろ。わたしのことは構うな」

息絶え絶えであっても、ロテールの言うことはいつもとまったく変わらず、実に理路整然としている。だが、カレルのほうはそうはいかない。

「ロテールを置いていくなんて、出来るわけがないだろ！」

涙声でそう言ったカレルの胸を、ロテールは残った力を振り絞って突き飛ばした。

「……くッ」

「うわっ」

再び地面に倒れ込んだロテールは苦悶の声を上げたが、カレルもバランスを崩し、地面に尻餅をついた。そんなカレルを後ろから抱き起こしたのはスヴェインである。彼は、竜を恐れることも、この緊迫した事態に取り乱すこともなく、ごく平然とこう言った。

「逃げましょう、マスター。わたしがあなたを抱いて走れば、逃げ切れます」

「何言ってんだよ！　ロテールを置いてはいけないし、このまま俺が逃げたら、この村は滅茶苦茶に……いやそれどころじゃない、この国が壊滅しちまうかもしれないんだぞ！」

信じられない思いでカレルは眉を逆立てたが、スヴェインは、家で他愛ない話をしているときと同じように、小首を傾げて不思議そうに言った。

「それが何だと言うのです」

「お前、何言ってんだよ」

愕然とするカレルの両肩に手を置き、スヴェインはごく冷静にこう言った。

「彼は深手を負っていて、自分を置いていけと言っています。いたって理屈に合った判断です。運がよければ生き延びるでしょう。村の連中に関して言えば、これはまったくの自業自得です」

「そっ……それはそうだけど！」

「彼らは、あなたに黙って封印の大岩を割った。その報いを受けるのは当然のことです。そんな愚かな人間たちを守るために、あなたが命を賭ける必要はありません」

「理屈ではそうだけど、でも俺は、昔、あの竜を封印したって奴と同じ、魔法使いなんだ。勿論、俺にはそんな強い力はないけど……それでも何か出来ることがあるかもしれないっ」

「あなたに敵う相手ではありません。あの男もそう言ったでしょう」

横たわったまま動けないロテールを冷ややかに見下ろし、スヴェインはきっぱりと断言する。カレルは、憤りのあまり涙が溢れるのを止めることもせず、スヴェインのたおやかな手を乱暴に払いのけた。

「それでもだ！　ここで村の人達を見捨てて逃げたら、俺はそのことを一生恥じる。たとえ歯が立たなくても、出来ることがあったのに何もやらずに、自分のことだけ考えて逃げるなんて、絶対無理だ！」

「マスター、他人のために命を捨てるなど、愚かなことです。まして、あなたをあんなに小馬鹿にした者たちのためになど」

「愚かでも何でも、人間にはプライドってもんがある。それに俺は、村のみんなのために命を捨てるんじゃない！　俺がもし死ぬとしたら、それは俺自身とお前のためだ！」

緑色の目から大粒の涙を零しながらも、カレルは迷いのない声で怒鳴った。スヴェイン

は、初めてその端整な顔に驚きの表情を浮かべる。

「あなたと……わたしのために？　わたしは、あなたに逃げてくださいとお願いしているんですよ？」

「ここで逃げたら、俺は、お前の主人でいられなくなる」

「何故です？」

「恥ずかしくて、お前に会わせる顔がなくなるからだ！　だから、俺はここに残る。でもお前はロテールを連れて逃げろ！　せめてお前だけでも無事に……」

カレルはそう命令したが、スヴェインは小さくかぶりを振った。

「いいえ。わたしはいつでも、あなたのお傍に。それが使役の務めなのでしょう？」

「今はそんなこと言ってる場合かよ！　お前には、生きててほしいんだ。俺の使役としてこの世に生まれて、これまでは冴えない暮らしだったかもしれないけど、でもここからは、自分の力で何とか生きろ。そんで……時々でいいから、俺のこと思い出してくれよ。あの頃、あんな奴がいたなあ、ちょっと好きだったなあって」

「マスター……」

唖然とするスヴェインの襟首を両手で掴んで、カレルは噛みつかんばかりの勢いで怒鳴った。

「大事なんだよ、お前のことが！　昨夜はわかんないって言ったけど、今ならわかる。俺は、お前が誰よりも大事なんだ。ロテールよりも、師匠よりも、テュスよりも……他の誰よりも！　だから逃げてくれ。俺、竜に対抗する手段は何も持ってないけど……でも、骨だけは丈夫だから！」

いきなり素《す》っ頓狂《とんきょう》なことを言い出したカレルに、スヴェインは目を白黒させる。

「骨？　骨が丈夫だったら何だと言うんです？」

「竜だって、甦ったばっかじゃ腹が減ってるはずだ！　だから、ここで真っ先に俺が喰《く》われてやる。骨が丈夫なら、固くて竜だって喰うのが大変だろ？　お前が逃げ切るまでの時間くらいは、絶対稼いでみせるから！」

カレルは決死の覚悟でそう言ったのだが、数秒の沈黙の後、スヴェインは盛大に噴き出した。

「ぷっ！　あ、あなたはなんて可愛い方なんだろう。わたしのために、頭からボリボリと竜に食べられてくださるお覚悟とは。はは、あはははは」

この非常時に笑い転げんばかりの使役に、カレルはまなじりを吊り上げて「馬鹿っ」と怒鳴った。

「笑ってないで、行けよ！　早く！」

するとと、まだクスクス笑いながらも、スヴェインはいたく感動した様子でこう言った。

「今、ようやく、わたしに対するあなたの『好き』がどんなものか理解しました。あなたはわたしのためにに、竜にご自分の命を捧げようとしてくださった。感激です、マスター。ですが、あなたを竜に喰わせるような勿体ない真似は、わたしが許しません。あなたがた人間が言う、『昔取った杵柄《きねづか》』とやらをお見せしましょう」

今度はカレルが目をパチクリとさせる番である。スヴェインの服を力いっぱい摑んでいた手が、思わずダラリと垂れた。

「えっ？　な、何で『昔』とか……。お前、こないだ生まれたばっかなのに」

だが、スヴェインは乱れた長衣を整え、ニッコリ笑ってこう言った。

「そのお話は後で。今はただ、わたしに命じてください。あの竜を再び眠らせよと」

「え……えええっ!?」

まったく事情を飲み込めないカレルに対して、スヴェインは今にも鼻歌を歌い出しそうな軽い調子で言った。

「完全に甦ってしまえば、さすがのわたしでもいささか骨が折れますが、今ならお安い御用です」

「えっ？　え？　お前、いったい……。っていうか、お前、あの竜を完全に眠らせることができるってのか?」

「そう言っています。……それを望みますか、マスター?」

「あ……ったり前じゃん。でも、ホントに!?」

スヴェインはいつもの笑顔で頷くと、こう言った。

「かしこまりました。では、あなたの杖を借りますよ。……いえ、いただきますよ」

「えっ?」

カレルが返事をする前に、スヴェインはカレルの手から杖を奪い取った。カレルには長すぎる杖も、長身のスヴェインが持てばぴったりの長さだ。

「スヴェイン……? お前いったい、何者なんだ」

「そのお話は後で、と言ったでしょう? さて、では景気づけに、甘い唇を」

そう言うなり、スヴェインは軽く身を屈め、カレルの唇に触れるだけの優しいキスをする。

「わっ」

驚くカレルをよそに、スヴェインはカレルの杖を勢いよく振り、ヒュッと風を切った。

そして、軽い動作で杖を地面に突き立てる。腕に力を込めた素振りは少しもないのに、杖は竜の鼻面のすぐ近くに深く突き刺さった。

「スヴェイン……」

見守るカレルの前で、スヴェインは優雅な動作で両腕を広げた。空気を抱くような姿勢のまま、ゆったりと息を吸って口を開く。

その薄い唇から流れ出したのは、不思議な旋律の歌だった。谷間を吹く風のようにゆったりと流れるその歌は、カレルの知らない言葉で紡がれていた。

「………うわあ……」

眠る竜が吐き出す瘴気《しょうき》が、その歌でたちまち霧散していくのが感じられる。カレルは、瞬きも息をすることも忘れ、ただスヴェインの見慣れた、けれど今は知らない人のように感じられる広い背中に見入っていた。

スヴェインの歌は、肌から染み通ってきて、身体じゅうを清らかな水で満たしてくれるような、不思議な力を持っていた。さっきまで乱れに乱れていたカレルの心さえ、驚くほど静かに澄み渡っていく。

それはまた、禍々《まがまが》しい竜にとっても心地よい調べであるらしい。竜の口が静かに閉じ、ピンと立っていた背中の棘もいつしか倒れ、背中にピッタリとついている。

それにつれて、カレルが目を疑うような現象も起こった。地面に突き刺さった杖から、みるみるうちに幾筋も葡萄の蔓が伸び、青々と葉が茂り始めたのだ。うねりながら伸びていく蔓と無数の葉は、眠る竜の体表をあっという間に覆い、そして杖本体から徐々に石化し始めた。葉と蔓が石になると同時に、その下にある竜の身体も同じように色を失い、灰色の石へと変化していく。

スヴェインが歌をやめる頃には、葡萄の蔓に縛められた竜の姿は、すっかり巨大な岩と化していた。

「もう一度埋めるのは面倒なので、石になってもらいましたよ、マスター。これで、愚かな人間たちも、竜の姿をいつでも見ることができる。この杖の封印を解こうとは、二度と考えないことでしょう」

あまりのことに放心しているカレルに、クルリと振り返ったスヴェインは、楽しそうにそう言った。そして、周囲を見回してから、悪戯っぽく笑ってこう付け加える。

「それに、竜が元の封印だった大岩を、ほどよく砕いてくれたようです。村人たちが求めていた石材も、首尾良く手に入ったようですね」

驚きのあまり返事もできないカレルは、ただ、「自分が生みだした出来の悪い使役」だったはずの目の前の男を、ひたすら凝視しているばかりだった……。

＊　　　＊

それから数時間後……。

カレルは、自宅の工房に戻っていた。

必死で避難の準備をしていた村人たちは、竜が再び封印されたと知って、歓喜の声を上げた。今頃は、それぞれの家に戻り、家族で心安らかな夜を迎えていることだろう。

カレルの家でも、暖炉には赤々と火が燃え、アレッサンドロのベッドには、森からスヴェインが軽々と背負って連れ帰ってくれたロテールが横たわっている。

頭部の傷は出血のわりに浅く、肋骨《ろっこつ》も数本折れてはいたが、大事な内臓は傷ついていない。吹っ飛ばされたときに、全身に打ち身や小さな傷は数え切れないほど負ったものの、命にかかわる重傷はなく、カレルはホッと胸を撫で下ろした。

「……少し、熱が出てるな」

カレルは、琺瑯《ほうろう》引きの水を満たした洗面器にタオルを浸し、ギュッと絞った。それを広げ、ロテールの額《ひたい》に乗せてやる。するとロテールが、薄く目を開いた。

「……カレル?」

「ロテール！　具合、どう？　胸、肋骨が折れてるから、幅広の包帯をきつく巻いて固定してあるんだ。そのせいで、ちょっと息が苦しいかも」

心配そうに声をかけたカレルを、ロテールは発熱のせいで潤みがちな黒い目でジロリと見た。彼の視線は、そのまま工房の中を彷徨う。

「竜を眠らせた、あの方はどこだ？」

肋骨骨折のせいで、力を入れて喋ることが困難なのだろう。掠れ声で問いかける兄弟子に、カレルは困惑の面持ちで答えた。

「話は後って言ったくせに、あいつ、何も話してくれないんだ。ロテールの手当を手伝ってくれて、今は、外に出てるって」

するとロテールは、頰の傷の痛みに顔を顰めながらも、あまり口を動かさないようにこう言った。

「あのお方はおそらく、お前ごときが『あいつ』などと呼んでよい方ではないぞ」

「えっ？」

驚くカレルに、ロテールは厳しい面持ちで命じた。

「あのお方とお前にいったいどのような縁があるのか、すぐに説明しなさい」

「は……はい。えっと……」

大いに戸惑いつつも、カレルはスヴェインを使役として生み出した経緯について、できるだけ掻い摘んでロテールに語った。険しい表情でそれを聞いていたロテールは、やがて

「この馬鹿者が」と呟いた。

「何……？」

「お前が使ったという、アレッサンドロの魔法はどれだ。わたしに見せろ」

「わ、わかった」

カレルは急いで机の上からアレッサンドロの帳面を持って来て、ロテールの目の前に該当ページを開いてみせた。

「これ。使役の創り方を書いてあるページ。この魔法を使ったんだ」

「…………」

素早く目を走らせたロテールは、眉間《みけん》に深い縦皺を刻み、カレルを鋭い目で睨んだ。

「カレル。お前はこれをすべて解読して、術を実行したのか？」

ベッドの横に直立不動になって畏《かしこ》まったカレルは、ごく小さく首を横に振った。

「全部は読めなくて……言葉を拾って……あ、でも、呪文は全部言えたよ、ちゃんと！」

するとロテールは、息が尽きるのではないかと思われるほど深い深い溜め息をつき、術の名を記した箇所を指さした。

「では、この魔法の表題を、お前の読めるところだけ言ってみなさい」

ロテールの口調はいつもと同じく冷静そのものだが、声には静かな怒りが漲っている。

カレルはコチコチに緊張しつつ、正直に答えた。

「ええと……『土』、『助力』、『作る』、『従者』、『奉仕』……くらい」

「呆れたな。お前は、それだけしか解読できなかった術を、実行に及んだのか。新米魔法使いのわりに、たいした度胸ではないか」

「う……うう、ご、ごめんなさい」

怒鳴られるより、淡々と叱責されるほうが骨の髄《ずい》までこたえる。カレルはすっかりしょげ返ってしまった。ロテールは、また一つ嘆息してこう言った。

「よいか、カレル。そこにはこう書いてあるのだ。森の『土』中深く静かに眠る大地の精霊の『助力』を得るため、供物を『作り』、目を覚ましてもらう方法。ただし、精霊に願いを叶えてもらうためには、召還者は忠実な『従者』として、誠心誠意、精霊に『奉仕』せねばならぬという……と」

「えっ？　じゃあ俺、もしかして」

「そう。お前は真逆の解釈をして、大地の精霊を不用意に呼び出した挙げ句、使役として偉そうにこき使っていたわけだ。よく、今日まで何事もなく過ごせたものだ」

「う……うわあああああ」

「自分のしでかしたことの重大さがわかったか？　お前がスヴェインと呼び捨てにしてい

るあの方こそが、おそらくは遥か昔にかの竜を封印した、大地の精霊だ。……我ら人間など、ひれ伏すしかないほど強い力を持った大精霊なのだぞ」

真っ青な顔をしたカレルの手から、帳面がゴトリと床に落ちる。

「俺……とんでもない勘違いしてた。スヴェイン……怒ってるかな」

「お前のことをどう思っておいでかは、ご本人にお訊ねせねばわかるまい。歳を経た大精霊というのは、得てして気まぐれなものだそうだ。お前の首がまだ胴体と繋がっているところをみると、そう悪いお心持ちではなかったのだろう。……とはいえ、今からでも心から謝罪しておくに越したことはないだろうな」

「……だよな。俺、すぐ謝りに行ってくる」

「待ちなさい」

ロテールはカレルを引き留め、低い声で指示を与える。カレルは悲痛な面持ちで、兄弟子の言葉一つ一つに小さく頷いていた。

スヴェインは、昨夜と同じように月明かりを浴び、池の畔の石の上にゆったりと腰掛けていた。

だが、昨夜がまるで遠い昔のことのように思われるほど、あれから色々なことがあった。

昨夜とはまったく違う緊張を感じながら、カレルはそちらに足を向ける。

「スヴェイン……」

名を呼びながら近づいていくと、スヴェインはゆっくりと振り返り、立ち上がって微笑した。いつもの温かで優しい、包み込んでくれるような笑顔だ。

「どうしました、マスター」

そう応じられて、カレルは泣きそうな顔で激しくかぶりを振った。そのままスヴェインの前に片膝をついて畏まると、彼の長衣の裾を両手で捧げ持って口づける。

それはロテールに教わった、大地の精霊を敬い、服従を誓うための作法だった。だが、スヴェインは慌てたようにカレルの両手を取った。

「何をするんです。あなたがわたしに跪《ひざまず》くなんて」

「だって。もう、俺のことマスターなんて呼ばなくていい……あ、いや、いい、です。どっちかっていうと、俺がおま……あ、あなたをマスターって呼ばないといけなくて」

「やめてください。そんな言葉遣いなんて、あなたらしくありませんよ」

いつもと変わらないスヴェインの態度に、カレルは困惑しきって泣きそうな顔をする。

「だって、お前、ホントは俺が創ったんじゃないのに。精霊なんだろ？　そんで、怒ってるだろ、俺のこと」

「どうして、わたしがあなたに腹を立てたりするんです？」

「怒るだろ、そりゃ。俺、師匠が遺《のこ》した儀式の意味を完璧に取り違えて、お前がそんなに偉い精霊だなんてちっとも知らないまま叩き起こして勝手に呼びつけて、その挙げ句使役呼ばわりして……命令とか、いっぱいしちゃったし」

「怒ってなどいませんよ」

スヴェインはそう言って、カレルを優しく立たせた。そして、少年の途方に暮れた幼い顔を覗き込み、ふっと笑った。

「こんなに可愛いあなたに腹を立てるなんて、できるはずがありません」

「でも……でも！」

カレルのすべらかな頬を手のひらで挟み、その丸みを慈しむようにゆっくりと指先で撫でながら、スヴェインは秘密めかした囁き声で告白した。

「自分が精霊であることを言わなかったのは、何よりあなたに訊かれなかったからですが、それに加えてわたしの意志でもあったんです」

「スヴェインの……意志？」

スヴェインは頷き、甘い声で囁いた。

「確かに最初の成り行きは、事故のようなものでした。覚えておいでてでしょうが、あなたに呼び出されたとき、わたしはまだ半分眠っているような状態で……」

「ああ……うん。すごく寝ぼけてた」

「でしょう？　あまりにも頭がぼんやりしていたので、あなたに使役として従えと言われて、つい頷いてしまったのです」

「う……うわああ……、そうだ、俺、お前のこと、自分で創ったと思い込んでたから」

「ええ。夜明け前に目覚めたら、あなたをしっかりと抱き締めていて。何があったか思い出すのに、少し時間がかかりました。けれど、あなたの温もりはとても心地よかったし、寝顔も可愛らしかった。正直、どうせ目が覚めたのなら、暇つぶしにしばらく使役として人間の暮らしを経験してみるのも悪くないと思いました。これまでは人間たちに崇《あが》められるだけで、実に退屈でしたからね」

　そんな風にあっけらかんと告げられた事実に、カレルは開いた口が塞がらない。

「なっ……。ひ、暇つぶしって。そんで、ホントのこと言わなかったんだ!?」

「ええ。言えば、あなたはきっととてつもなくガッカリすると思いましたし」

「そりゃ、そうだけど。でも、腹が立たなかったのか？　人間の、しかも若造の俺なんかに、偉そうなこと言われまくってさ。……ああ、恥ずかしい」

　自分自身のこれまでの態度を思い出すと、深い穴を掘って頭から埋まってしまいたいと思うカレルである。だがスヴェインは、夢見るような調子で言った。

「あなたとの暮らしは、とても楽しかった。掃除も洗濯も調薬も人間の食べ物を口にするのも、何百年も生きてきた中で、初めての経験でしたから。何もかもが新鮮で、わたしはずいぶんと若返った気がしたものです。……それこそ本当に、生まれたての使役のように」

「う……ううう……。大精霊に家事とかさせちゃって、俺ってば……。でも、スヴェインも酷いじゃねえかよ！」

「酷い？」

カレルは小さく地団駄を踏んで訴えた。

「だって……だって、そりゃ面白かっただろうさ。お前と違って何も出来ない、たった十七年しか生きてない若造がご主人様ヅラして、偉そうにあれこれ指図してくるのはさ。馬鹿馬鹿しくて、いっそ可笑しかったってんだろ？」

「おや。拗《す》ねているんですか？」

スヴェインはクスリと笑うと、カレルをゆったり抱き寄せた。カレルはふて腐れた顔で、けれど従順にスヴェインの胸に細い身体を預ける。スヴェインは、カレルの黒髪を優しく撫でながら、幼子を宥めるように言った。

「確かに、最初は面白かったです。幼子が大人の真似をしているのを見ているようで」

「けれど、だんだん暇つぶしでも遊びでもなくなりました。あなたが可愛らしすぎて。この黒い髪も、エメラルドのような瞳も、よく動く唇も、わたしはとても好きなんです。他の誰にも触らせたく……いいえ、見せたくないほどに」

「え……？」

「徐々に、あなたを独り占めしたいという強すぎる衝動が、わたしを突き動かすようになった。今もです。どうしたら、あなたをわたしだけのものにできるのだろうと、ここでずっと考えていました」

　ある意味不穏な発言をして、スヴェインは悩ましげに溜め息をつく。カレルは、やはり膨れっ面のままでボソリと言った。

「すりゃいいじゃん。だってもう、俺の使役のふりなんかしなくったっていいんだし。どっちかっていうと、勝手に呼び出した罰で、この先ずっと俺、お前の使役にされたって文句言えない……」

「おやおや。おかしなことを仰いますね。わたしはまだ、あなたの使役ですよ」

「は!?」

　面食らって顔を上げたカレルを見下ろし、スヴェインは淡い茶色の目を細めた。

「言ったでしょう？　わたしはあなたに従属の誓いを立てた」

「いや、誓いっていうほど大袈裟《おおげさ》なもんじゃないだろ。『命令を聞け』って俺が言って、それにお前が『はあ』って寝ぼけて頷いただけじゃん」

「それでも、誓いは誓いです。精霊は、一度立てた誓いを決して違えません。わたしは、あなたがこの世を去るまで、あなたの使役です」

その言葉に、カレルの心臓がドキンと跳ねる。カレルは、恐る恐る問いかけた。

「それって……俺が死ぬまで、ずっと一緒にいてくれるってこと？」

「ええ。ご希望ならば、あなたのお墓も守りますよ」

おどけた口調でそう言うと、スヴェインは両手でカレルの頬に触れる。その手に促されるように、カレルは目を閉じた。しっとりと、互いの唇が触れ合う。柔らかく愛撫《あいぶ》するように舌を絡めてから、スヴェインはそっと唇を離した。カレルは、ほんのり頬を染め、はにかんだ笑みを浮かべる。

「どうしよう。すっげえ大それたことだってわかってんのに……俺、今、物凄く嬉しい。俺、もう二度と、ひとりぼっちにならなくていいんだ。ずっと、お前と一緒にいられるんだな」

「ええ。わたしの可愛い、大事なマスター。その代わり、わたし以外の使役を持つことは認めませんよ」

やんわりとそう告げて、スヴェインはカレルをもう一度、きつく抱き締める。カレルも、スヴェインの広い背中に精いっぱい腕を回し、ギュッと抱き返した。

しっかりと互いを抱擁したまま、カレルはスヴェインの長衣の胸に顔を埋め、不明瞭な口調でぼやいた。

「はあ。それにしても、どうしよう。明日の朝、村長んとこへ改めて行って、どうやって竜を封印し直したか説明しなきゃいけないんだけど」

悩むカレルの黒髪を指に絡めて楽しみながら、スヴェインはこともなげに言った。

「竜を封じ込めたのは、あなたということにしておけばいいじゃありませんか」

半ば無理矢理顔を上げ、カレルは真面目な顔で言い返した。

「駄目だよ、そんなの。竜を封印したのはお前なのに」

「わたしは表向き、異国から来たあなたの弟子なのでしょう?　弟子の働きは、師匠の手柄ですよ。それに、竜の封印に、あなたの大事な杖を使ってしまいましたし。あなたが封印したといえば、皆、安心するでしょう」

だがカレルは、唇を尖らせて異を唱えた。

「でも、そんな嘘はつけないって。俺、嘘は下手だし」

「正直な方ですね。では、こうしましょう。あなたが咄嗟《とつさ》に、魔法で大地の精霊を召還し、その力を借りて竜を封印した。大地の精霊は、役目を終えて森の奥深く消えていった……とね。それならば、あながち嘘ばかりではないでしょう?」

「そ……それなら、うん、まあ。ギリギリ大丈夫かな」

使役と言いつつ、早くも二人の関係に於いて、すっかり主導権をスヴェインに奪われた気がする……そう思いながらも、カレルは微妙な表情で頷いたのだった。


それからしばらく後、カレルとスヴェインは、アレッサンドロが死ぬまでカレルが使っていた、子供部屋とは名ばかりの質素な小部屋にいた。工房のベッドを負傷したロテールに明け渡してしまったので、二人にはここしか寝場所がないのだ。

スヴェインには小さすぎるベッドを見下ろし、寝間着姿のカレルは肩を竦めた。

「二人で寝るには、幅も長さも足りねえな。どうし……うわっ」

どうしようか、と言い終える前に、カレルは背中からベッドに押し倒されていた。スヴェインの大きな身体が、優しく、けれど容赦なくカレルにのし掛かってくる。

「寝床が小さければ、身を寄せ合えばいい。それだけのことです。ですが、眠る前に、首尾良く竜を眠らせたご褒美をおねだりしてもいいですか、マスター」

「ご褒美って……な、何を？」

この状況を鑑《かんが》みれば、スヴェインの欲しているものは火を見るよりも明らかなのだが、恥ずかしがり屋のカレルは、空とぼけてみせる。だがスヴェインは、カレルより遥かに上手だった。

「わたしがいちばん欲しいだろうと、あなたがお思いになるものを」

甘い声でサラリとそう言い、カレルの口角に軽く口づける。たちまちカレルの頬は、熟れた林檎《りんご》のように赤くなった。

「ず……ず、ず、ずるいぞスヴェイン！　俺に、それを言えってのかよ！」

「ええ。どうぞ、あなたの使役に教えてやってください。さあ、何をくださいますか？」

猫が喉を鳴らすようなご機嫌な声で、スヴェインは催促する。カレルは散々口ごもった後、真上にあるスヴェインの端整な顔を睨みつけ、とうとう噛みつくような調子で言った。

「俺ッ」

だが、スヴェインはそんな簡素な言葉では納得しない。

「あなたの何を？」

「だから！　俺の……俺の……っ」

「あなたの？」

重ねて促され、カレルはとうとう、ギュッと目をつぶり、消え入るような声で言った。

「俺の、全部。今もこれからも、ずっと……丸ごと全部」

次の瞬間、のし掛かるスヴェインの身体がずっしりと重くなった。精霊とはいえ、確かな重量と熱を持った身体を、カレルは全身で感じる羽目になる。

「嬉しいですよ、マスター。それこそ、わたしが何よりも欲しているものです」

そう言いながら、スヴェインの顔がゆっくりと近づいてくる。カレルはスヴェインの首に両腕を回し、自分からスヴェインに口づけた。だが、これまでキスなどしたことがないので、勢い余って互いの前歯がガチンと音を立てる。

「おやおや。震えていますよ。わたしが怖いですか？」

唇を触れ合わせたまま、スヴェインは心配そうに問いかけてくる。カレルは目を閉じたまま、か細い声で告白した。

「お前が怖いんじゃない。ただ、こういうのは初めてだから」

羞恥の余り、カレルは目を開けることができない。そんなカレルの唇に触れるだけのキスをもう一度して、スヴェインは喜びに溢れた声で囁いた。

「恥じ入ることも、恐れることもありません。すべて、わたしに任せてください。……マスター、このときだけは、あなたを名前で呼んでも？」

真っ赤な顔でカレルはこくんと頷く。

「……カレル」

大事な宝物のように、スヴェインは少年の耳元に彼の名を吹き込んだ。息がくすぐったかったのか、それとも、スヴェインの声があまりに蠱惑的だったのか、カレルの身体がピクンと震える。

「カレル……カレル」

何度もカレルの名を呼びながら、スヴェインの唇はカレルの首筋を通り、クッキリ浮いた鎖骨を甘噛みした。そうしながら、足首からゆったりした寝間着をたくし上げつつ、すらりとした脚や、余計な肉など一欠片もついていない脇腹を、大きな手のひらで撫で上げていく。

「んッ……くすぐ、った……」

慣れない感触に、カレルはしなやかに身を捩る。そんなカレルから、スヴェインは寝間着を剝ぎ取った。下着も取り払い、カレルを昨夜と同じ、生まれたままの姿にしてしまう。

「昨夜みたいなのは、もう嫌だ。俺だって、お前にも触りたい」

「お望みのままに、マスター」

そう言って、スヴェインは膝立ちで服を脱いだ。自分もまたあるがままの姿で、カレルのほっそりした身体を大事そうに抱きすくめる。

「ふふ。そういえば、わたしは目覚めたとき裸でしたから、あなたは盛大に照れておいででしたね」

たった四ヶ月前のことだが、スヴェインは懐かしそうに、そして可笑しそうにそう言った。カレルも、スヴェインの滑らかな肌に初めて触れながら、照れ笑いで頷く。

「仕方ないだろ。いきなり裸のおっさんが目の前に出て来たんだぜ。そりゃ照れるって」

「しかも、あなたはわたしのここを穴が空くほど見ておいででした。わたしもあなたも、同じ男の身体なのに、何がそんなに珍しかったのですか?」

そう言いながら、スヴェインはカレルの片手を取り、自分のものへと導く。そこは、人間の男とまったく同じに熱を持ち、すでに脈打って猛っていた。

「……っ」

スヴェインの常の体温と違う明らかな熱に、カレルはギョッとして触れた右手を痙攣《けいれん》させる。そんなカレルを宥めるように、スヴェインはカレルの下腹部で兆し始めているものに触れた。

「んっ」

「ああ……素敵ですね。あなたの身体はわたしの腕にすっぽり収まりますし、あなたのここは、わたしの手にぴったりです。まるであなたのすべてが、わたしに合わせて誂《あつら》えられたようだ」

　妙なことで喜びながら、スヴェインはカレルのそこを、昨夜とは比べものにならないくらい優しく扱き始める。

「あっ、あ、ああっ……んぐっ」

　思わず高い声を上げてしまい、工房で寝ているロテールのことを思い出したカレルは、慌てて片手で口を塞いだ。

　昨夜はただ驚き狼狽えているうちに身体ばかり追い上げられ、心は傷つくだけだった。だが、今夜は違う。スヴェインが自分を気遣い、愛《いと》おしみながら触れてくれているのがわかるので、心も体も、伸びやかに快感を追うことができるのだ。

「スヴェインも……俺が触ったら……んっ、いい、のか？」

「ええ、きっと」

　そこが感じる場所だと悟って、スヴェインはカレルの耳に囁きと共に息を吹きかける。あちらこちらに快楽の小さな火を灯され、カレルは早くも息を乱しながら、スヴェインの下腹に再び手を伸ばした。

　怖々触れたものは、最初に見たときカレルを驚かせたように、彼のものよりずっと太く、猛々しかった。顔も物腰もゆったりしたスヴェインなのに、そこだけが奔放な野性を感じさせる。

カレルの手ではすべてを包み込むことができないので、彼は自身を慰めた乏しい経験を思い出し、根元から先端へと一生懸命に擦り、刺激を与えようとする。その拙《つたな》すぎる、けれど必死の愛撫に、スヴェインは嬉しそうに吐息を漏らした。

「ああ、やはりあなたの手に触れられると、とても温かなものがわたしの中に流れ込んできます。……あなたの中にわたしを埋めたら、どれほどの幸福を感じられることか」

そんな直裁的な言葉に、まだ経験のないカレルは、軽く怯えたようにすべらかな頰を震わせた。その口元に、スヴェインは人差し指と中指を押し当てる。

「舐《な》めてください。あなたを傷つけないために」

「…………っ」

昔、秋祭りにロテールと出掛けたとき、夜、茂みの中で睦《むつ》み合う男たちを見たことがあった。そのとき、まるで常識でも語るように淡々と、ロテールが男同士の行為について最低限のことを教えてくれたので、初心なカレルにも、スヴェインが何を求めているかはわかる。

酷く淫《みだ》らなことをしているような思いで、カレルはスヴェインの指を口に含んだ。まるで、片手で愛撫している彼の熱にそうするように舌を絡め、唾液《だえき》で湿してやる。

「いい子ですね」

使役にあるまじき褒め言葉を口にして、スヴェインはニッコリ笑った。その笑みも、いつもと違って、どこか獰猛《どうもう》に見える。スヴェインは、躊躇いなくカレルの後ろに手を回すと、これまで誰も触れたことのない場所に触れた。

「あっ」

覚悟はしていても、いざ他人の指がそこに押し当てられると、勝手に身体が強張る。そんなカレルを宥めるように、スヴェインは優しいキスを繰り返しながら、人差し指の先端をゆっくりと差し入れてきた。

「んうっ……ぅ」

生まれて初めて味わう違和感に、カレルは必死で耐える。カレルの背中を片腕で支えながらスヴェインはカレルの体内を探るように指を深く入れ、動かし始めた。

「力を抜いて。……そう、上手です。わたしはあなたを傷付けはしませんから、安心して、委ねてください」

スヴェインの声はあくまで優しいが、語尾の僅かな掠れに、彼の我慢が感じられる。本当に自分を思いやってくれているのだと感じて、カレルの胸に甘い喜びが広がった。

「信じてる……、か、らっ」

かろうじてそれだけ伝えて、カレルはスヴェインの広い肩に抱きついた。最初はただ気持ちが悪いだけだった後ろへの刺激が、徐々に不思議な疼きを帯び始める。それは昨夜、スヴェインに触れられたとき感じたのと同じものだった。

疼きは下腹部に重く澱み、もはや触れられていないのに、カレルのものは天を仰ぎ、先端から澄んだ雫《しずく》を溢れさせている。

「……いいですか?」

懇願するように問われ、カレルは答える代わりに、すらりとした両脚をスヴェインの脇腹に巻き付けた。そのままグイと引き寄せるようにすると、スヴェインが嬉しそうに相好を崩す。

「初めてだというのに、嬉しい誘い方をご存じだ」

「べ……つに、誘ったとかそんな……はっ、あ……ぁ、くうッ」

後ろから指を引き抜かれ、その突然の空虚感に驚く暇もなく、さっきまでみずからが煽《あお》って育てた熱塊が後ろに押し当てられる。改めてその大きさに恐怖を覚える間もなく、スヴェインはカレルの中にみずからの楔を突き入れてきた。

「ぐっ……ん、んんんっ」

内臓を押し上げられるような圧迫感は、指とは比べものにならない衝撃を少年に与えた。丹念に解されたので痛みは恐れていたほどではなく、入り口が引き攣れるつらさだけだ。

「う……ん、ふ、ぅ」

必死で息を吐き、カレルはいちばん太い部分が狭い腔に収められるのを感じる。それと同時に、隙間《すきま》なくスヴェインと繋がっているのだという実感が胸にこみ上げてきた。

「ああ……想像していたよりずっと素敵です、カレル。あなたの中は、とても温かくて優しい。まるであなたの体内で、優しく抱かれているようだ」

夢見るようにそう言って、スヴェインはカレルの中にみずからを収めたまま、熱烈にキスの雨を降らせてくる。カレルは自分を組み敷く「大精霊」の顔を見上げ、体内の熱に煽られるまま、すなおにねだった。

「でも、これじゃ足りない。もっと……もっと、スヴェインが俺の中にいるって、感じたい」

「……カレル……可愛い人だ」

愛おしげにそう言うと、スヴェインはカレルの細い腰を片手でしっかりと支えた。そして、ゆっくりと腰を動かし始める。敏感な粘膜を擦り上げられ、さらに熱を持ったものをスヴェインの大きな手で愛撫されて、カレルはこれまで知らなかった強い快感に喘いだ。

「あっ、あ、はっ、あ……ん」

　背中が柳の若枝のようにしなり、抑えきれない声が漏れる。固くそそり立った茎の先端から止めどなく溢れる雫は、スヴェインの手を伝い、みずからの削《そ》げた腹の上に滴った。

「とても……とてもいいです、カレル。あなたはまるで……わたしの身体の一部のようだ」

「お、俺も……っ、ん、な、なんか、溶けて……お前と一緒になりそう……あ、は、ああっ、熱い……！」

　もう、工房にいるロテールに遠慮する余裕など、カレルに残されてはいなかった。ただ突き上げられるたびに高い声を上げ、スヴェインの背中にしがみつく。そのほっそりした腰はひとりでに揺れ、彼が素直に快感を追っていることをスヴェインに教えた。

「わたしも……熱い、です。あなたの……命が、流れこんでくるようだ」

　夢見るように熱っぽく囁きながら、スヴェインは時に緩やかに、時に強く、カレルの身体を揺さぶり続ける。波のように果てしなく満ち引きする快感に、カレルは耐えられなくなって懇願した。

「あ……スヴェイン、も、もう……」

「いいですよ。あなたの昂ぶりが……わたしの昂ぶりですから」

　強すぎる快感からの解放を求め、カレルは喘ぐ。その閉じることすらできない唇をみず

からの唇で貪《むさぼ》り、スヴェインはひときわ強くカレルの中を貫いた。

「ふっ、あ、あああ……っ……！」

これまで知らなかった激しい絶頂に、カレルは身を震わせる。身体じゅうの血液が流れ出していくような虚脱感を覚え、ふいごのように胸を上下させながら、カレルは、みずからの身体の深いところで、スヴェインもまた同じ極みを味わっているのを感じていた。


「これが……抱き合うってことなんだな」

ようやく荒かった呼吸が収まり、カレルは狭いベッドでスヴェインの胸に抱かれて横たわり、呟いた。スヴェインも、カレルの汗ばんだ背中をゆっくりと撫でながら今は穏やかな表情で口を開く。

「ええ。マスター、これでわたしたちは、身も心も繋がった『友達』ですか？」

今さらそんなことを言い出したスヴェインに、カレルは思わず笑い出す。

「こんなことする友達はいねえよ。こうして抱き合う仲は……たぶん人間と精霊の取り合わせでも、『恋人』って言っていいんじゃねえの？」

恋人という言葉の響きに照れながらも、カレルはハッキリと二人の関係を言葉にしてみせる。スヴェインは「恋人」と初めて知った言葉を口の中で転がしてから、嬉しそうに笑った。

「なるほど。では、わたしはあなたの『使役』にして『恋人』でもあるわけですね」

するとカレルは、緑色の大きな瞳を悪戯っぽくきらめかせ、「ちげーよ」と言った。スヴェインは、怪訝《けげん》そうに形のいい眉をひそめる。

「違うのですか？」

「全然違う。大事な言葉が抜けてるだろ？」

「大事な言葉？　何ですか、マスター。教えてください」

さっきは長い年月を生きた大精霊の貫禄を感じさせたスヴェインが、今は子供のように真っ直ぐにせがんでくる。

カレルは、胸に満ちた愛おしさを噛みしめながら、息絶える瞬間まで共にあると誓ってくれた恋人の耳元に、そっと囁いた。

「ばーか。お前は俺の、世界中でたったひとりの『使役』にして『恋人』だろ」

「……そうでした。わたしとしたことが」

こちらも幸せそうに笑いながら、スヴェインはカレルをさらに強く抱き寄せる。飽きることなくキスを交わしながら、新米魔法使いのご主人様と大精霊の使役は、幸せな眠りに落ちていった……。

あとがき

こんにちは、椹野《ふしの》道流《みちる》です。今回は、なかなか珍しいテイストの作品をお届けさせて頂くこととなりました。

当初、魔法使いのほうが「おっさん」のはずだったのですが、あれこれ考えているうちに、とても可愛いちびっ子になってしまい、自然と相方が不思議な感じのおじさんに。

結果として、とてもほわほわと「ぬくい」お話になったと思います。ほっこり和んでいただけるよう、心を込めて書きました。楽しんでいただけたなら、とても嬉しいです。

とはいえ実はこの話、いくつかの伏線をまだ回収しきれていません。特にスヴェインには、まだ色々と語られていないエピソードがあるようです。それを理由に、「続き書かせてくだせえ！」と担当さんにお願いする所存なわけですが、それとは別に、おそらくは皆さんがいちばん気になっておられると思われるあの方……そう、ロテール兄さんの恋模様について、次は書きたいなあと思っています。

そんなわけで、巻末に次号予告的な小話を配置してみましたので、是非とも本編をお読みになってから、ご覧くださいませね。


では最後に、お世話になった方々にお礼を。

イラストを担当してくださったウノハナさん。ラフを見せていただいた瞬間に、「あ、動いてる！」と思いました。イラストなのに、カレルが走っていたり、スヴェインがぼーっと立っていたりするムービーが頭に浮かんで、とても驚きました。それだけ、キャラクターを生き生きと描いていただけたのだと思います。ありがとうございました！

それから、担当Nさん、デザイナーさんをはじめ、この本の制作に関わってくださった皆様にも、ありがとうございました！

そして誰よりも、この本を手に取ってくださった皆様に、心からの感謝を。

ではまた、遠くない未来にお目に掛かります。それまでの動向は、よろしければツイッター（http://twitter.com/MichiruF）でフォローしてやってください。

槐野　道流　九拝

絶対に本編の後に読んでいただきたい巻末小話

「おーい、スヴェイン、そろそろ夕飯にすっぞ」

台所で鍋を混ぜながらのカレルの声に、食堂のテーブルを拭いていたスヴェインがのっそりとやってくる。

「はい、マスター。今日もいい匂いですね」

嬉しそうにそう言いながら、スヴェインは素朴な陶器の皿を三枚、調理台に並べた。

「いつもと変わり映えしねえよ。あ、そうだ。傷を治すには、肉を食べさせなきゃいけないからな。ロテールには、肉団子を一つ多めに入れとこうっと」

そう言いながら、カレルは鍋の中身を三枚の皿に取り分けていく。今夜のメニューは、豚のひき肉にエシャロットやハーブを練り込んで作った大きな肉団子を、トマトのソースでコトコト煮込んだ料理だ。パンの代わりに、茹でたジャガイモと蕪のマッシュをたっぷり添えて、カレルは皿の一枚をトレイに載せた。

「ロテールに持って行ってくるから、先に食ってろよ」

スヴェインにそう言い置いて、カレルは工房へと料理を運んだ。

森で目覚めかけた竜を、スヴェインが首尾良く封印してから、もう十日が経つ。カレルの兄弟子であるロテールは、その際に大怪我をしたものの、徐々に容態が安定し、食事も自力で摂れるようになった。

まだベッドから出ることはできないものの、早くもアレッサンドロの貴重な蔵書を読みあさっている勉強熱心な兄弟子に夕食を運んでから、カレルはスヴェインと差し向かいでテーブルについた。

「食っててていいって言ったのに」

「いいえ。どうせなら、あなたと一緒に食べたいですから。……それにわたしは、熱い食べ物がいささか苦手で。人の子の言葉では、猫舌とか言うのでしたか」

カレルと自分のマグに水を注いでから、スヴェインは大きな肉団子をフォークで崩し、やや不器用な手つきで口に運ぶ。大精霊とはいえ、いや大精霊だからこそ、人間の営みにはまだまだ不慣れなのだ。

カレルはそんなスヴェインの危なっかしい手つきに笑みを漏らしつつ、自分も肉団子をたっぷりのマッシュと一緒に頬張った。

「うん、ハーブがいい感じに臭み消しになって、旨いや」

「はい。あなたが作る料理は、いつも美味しいですよ、マスター」

「それ、人間の料理が珍しいだけじゃないのかよ」

「いいえ。あなたの料理は、真心の味がします」

言葉を飾ることなく真っ直ぐに褒めてくれるスヴェインに、カレルは幼い顔をほんのり赤らめ、嬉しそうに笑った。

「そっか。……ロテールもたくさん食って、早く元気になってくれるといいんだけど」

それを聞いて、スヴェインはやや煩わしそうにこう問いかけた。

「いったいあの方は、いつまでここにいらっしゃるのです?」

スヴェインの声に棘を感じ取って、カレルは困り顔で問い返す。

「何でそんなこと言うんだ？　寝てるだけなんだし、別にいいだろ？」

「早く、工房のベッドを空けてほしいのですよ。狭いベッドで抱き合って眠るのもいいですが、大きなベッドで、もっと心おきなくあなたを可愛がりたい」

「ぶばッ！　ゲ……ゲホ、ゴホッ」

いきなりの睦言に、カレルは盛大に噴き出し、咳込む。スヴェインは慌てて立ち上がると、カレルの背後に立って小さな背中をさすってやった。

「どうしました？」

「ど……どうしたもこうしたもねえ！　食事中に、いきなり夜の話なんかすんなよ！」

「人の子の行儀作法に反しましたか。すみません」

涼しい顔で謝るスヴェインを、椅子に掛けたまま赤い顔で睨み、カレルはようやく咳の発作を鎮めて口を開いた。

「ったく。……ああ、でも、すっかり元気になるまでここにいるのかと思ったのに、ロテール、街をあんまり長く留守にしちゃいけないから、近いうちに帰るって」

「帰る？　ですが、あのお体では」

「うん。魔法で飛ぶのも自分で歩くのもまだ無理だから、使役を飛ばして迎えを呼んだって言ってた」

「迎え？　従者でも呼んだのですか？」

不思議そうにスヴェインが訊ねると、カレルは急に声をひそめ、小さく手招きした。スヴェインは長身を屈め、カレルの口元に耳を寄せる。

「それがさ。呼んだのは、ロテールの工房の近所に住んでるパン屋なんだって」

スヴェインは、薄茶色の目を丸くした。

「マスター、わたしの知識が間違っていなければ、パン屋はパンを焼くのが仕事で、魔法は使えないのでは？」

カレルもフォークを置いて腕組みし、興味津々の顔つきで答えた。

「そうなんだよ！　普通にパンばっか焼いてる男を呼んだって。きっと歩いて山を三つ越えてくるから、五日ばかりかかるだろうって平気で言ってた」

「歩いて……とは、また難儀そうな……。何故、パン屋などを」

「俺も不思議に思ったから、どうしてってしつこく訊いてみたんだ。そしたら、そいつが世話好きだからとか、力が強くてロテールを背負って帰れるとか、別に他意はないとか、いつもの調子で色々言ってた。……なあ、もしかしたら、ビックリするような大男かもだぜ」

「なるほど。それは楽しみですね」

「うん。……ロテールが帰っちゃうのはちょっと寂しいけど、お前がいるから平気だし」

それは、照れ屋のカレルにとっては精いっぱいの愛情表現だったのだが、スヴェインは不満げに眉を上げた。

「わたしがいるのに、他の人の子が去ったくらいで『寂しい』などと言われては、何だか面白くありません。ええと、これを人の子は……」

「ヤキモチ」

「それです。わたしはパンではなく、ヤキモチを焼いてしまいますね。具体的に、ヤキモチというのがどのような物なのかは知りませんが」

大真面目にふて腐れてみせるスヴェインは、大精霊というよりはきかん坊の子供のようで、カレルの胸に愛おしさがこみ上げる。

「ぷっ。……ヤキモチは、心の中で焼けちまうから、目には見えないんだ。それに……外に出てくる前に、こうして食べちゃえるしな」

悪戯っぽく笑ったカレルは、至近距離にあるスヴェインの唇に齧《かじ》るようなキスをした。

一瞬、驚いた顔をしたスヴェインも、珍しくカレルから仕掛けてきたのが気に入ったのか、いつもの余裕たっぷりの笑顔になってこう言った。

「……なるほど。ですが、わたしの中には、まだまだ食べていただかなくてはならない『ヤキモチ』があるようですよ?」

「ん……。じゃあ、飯食って腹いっぱいになっちまう前に寄越せよ、全部」

スヴェインのヒンヤリした両手が頬を包み込むのを感じつつ、カレルは目を閉じた。そして、意外なくらい嫉妬《しっと》深くて独占欲が強いらしき「大精霊の使役」の唇を、自分の唇で温かく受け止めたのだった……。

Platinum Label

されどご主人様《マスター》

プラチナ文庫をお買いあげいただき、ありがとうございます。
この作品を読んでのご意見・ご感想をお待ちしております。

★ファンレターの宛先★

〒102-0072　東京都千代田区飯田橋3-3-1
プランタン出版　プラチナ文庫編集部気付
椹野道流先生係 / ウノハナ先生係

各作品のご感想をWEBサイトにて募集しております。
プランタン出版WEBサイト http://www.printemps.jp

著者——**椹野道流**(ふしの みちる)
挿絵——**ウノハナ**(うのはな)
発行——**プランタン出版**
発売——**フランス書院**
〒102-0072　東京都千代田区飯田橋3-3-1
電話(営業)03-5226-5744
　　(編集)03-5226-5742
印刷——誠宏印刷
製本——小泉製本

ISBN978-4-8296-2511-8 C0193